Martha Arnold-Zinsler
Du liebes Nest

Martha Arnold-Zinsler

Du liebes Nest

Heitere Kleinstadtgeschichten

Eugen Salzer-Verlag Heilbronn

© Eugen Salzer-Verlag, Heilbronn 1996
Alle Rechte vorbehalten
Umschlaggestaltung unter Verwendung eines Gemäldes
von Egon Schiele
Satz und Druck: Offizin Chr. Scheufele, Stuttgart
Printed in Germany   ISBN 3 7936 0343 1

Schönen Gruß vom Fräulein Annelies

Ingeborg S., Studentin der Volkskunde, berichtet.
Herbst 1987.

Es ist so gewesen:

Mit Stenoblock, Kugelschreiber und Frageliste bin ich in Gniddringen* herumgegangen, zweieinhalb Wochen lang, um Stoff zu sammeln für eine Seminararbeit über »Kleinstadt im Wandel seit 50 Jahren«, habe auch eine Menge zusammenbekommen, im Rathaus, bei Lehrern und Privatleuten, und weiß jetzt, was im Lauf der Zeit alles verschwunden ist: Misthaufen, Pferdefuhrwerke, Groß- und Kleinvieh, vier Schuster, drei Schneider, zwei Schmiede, ein Dutzend kleine Ladengeschäfte, eine alte Fabrik; und was andrerseits dazugekommen ist: zweitausend Pkw, zwei Eisdielen, Supermarkt, Tankstellen, modernes Busreise-Unternehmen usw.

Doch neben diesem Trockengesteck von Daten, Zahlen und Prozenten ergab sich auch der hier zusammengebundene Strauß von Geschichten, Gesprächen, biografischen Miniaturen und persönlichen Erinnerungen.

---

* Der Name ist frei erfunden; jeder Leser mag in Gniddringen ein wenig *sein* »liebes Nest« wiedererkennen.

Gniddringen, die kleine Stadt im Ostwürttembergischen, habe ich als Studienobjekt gewählt, weil hierher verwandtschaftliche Beziehungen bestehen und ich den Ort aus Erzählungen schon ein bißchen kannte. Außerdem konnte ich bei Henle-Schreiners Annelies bestens unterkommen. Einer meiner vier Urgroßväter und ihre Großmutter mütterlicherseits waren Geschwister. Ich sage »du« zu ihr und nicht Tante, obwohl sie gut vierzig Jahre älter ist als ich.

Sie ist mir eine wertvolle Hilfe gewesen, denn als unbekannte Studentin nach Gniddringen kommen und eine Umfrage machen wollen, an Haustüren klingeln und bitten, ein paar Fragen stellen zu dürfen, so einfach ist das nicht. »Mir brauchet nix, koi Zeitschrift, koi Möbelpolitur, koi Versicherong, nix! – Ha, Sie wöllet oim doch was a'dreha, des kennt ma!« Tür zu.

Da half mir *ein* Umstand sehr wohl, nämlich daß ich sagen konnte: »Meine Großmutter Schwäble ist in der Kirchgasse aufgewachsen, ich bin verwandt mit Hirzels und wohne dort und soll Ihnen einen schönen Gruß sagen vom Fräulein Annelies.«

Gniddringen

In einem Schüleraufsatz heißt es:

Unsere Stadt ist sehr schön. Besonders der Marktplatz. Da ist der Gaishirtle-Brunnen, um welchen wir manchmal herumsauen und uns anspritzen. Der Gaishirtle-Brunnen heißt so, weil es friher hier viele Gaisen gegeben hat und einen Gaishirt. Es gibt auch Birnen, wo so heißen. Aber jetzt nicht mehr. Am Rathaus haben sie vor allen Fenstern so viel Blumen, daß sie nicht mehr herausschauen können. Auch haben wir eine schöne Gegend, wo man herumspatzieren kann ...

Das Städtchen, seit dem Zweiten Weltkrieg von 3000 auf 5000 Einwohner gewachsen, muß man sich so vorstellen: Ein alter Kern, ein etwa achthundert Meter langes Oval, drumherum die üblichen Wachstumsringe, hundert Jahre alt bis null Jahre jung, und mit abnehmendem Alter nicht unbedingt schöner werdend. Es liegt am Ostrand von Württemberg und am Fuß der Alb. Vom Hausberg, dem Schafbuck, der aus den waldigen Hängen der Ostalb vorspringt wie eine nackte Riesenschulter, kann man, wenn es nicht diesig ist, ins Ries und ins Bayerische schauen und den langen

7

Daniel von Nördlingen sehen, und im Norden gar den hellen Felsen von Wallerstein und ringsum welliges Bauernland mit Dörfern, Zwiebeltürmen, Flecken und Schloß und Burg und Ruine und einem Geäder von Straßen.

Gniddringen selber hat eine katholische Kirche, alt und schön, und eine evangelische, dreißig Jahre jung, nüchtern und kühl. Von den einstmals zwei Stadttoren ist nur noch das östliche vorhanden, aber was für eines! Mit Turm und Wachstube, mit kleinem Durchlaß für Fußgänger und großem Durchlaß für Roß und Wagen, aber doch nicht groß genug für Omnibusse und hohe Brummis, von denen mancher schon mit Schaden hängengeblieben ist. Sonst hat die kleine Stadt von der alten Bewehrung bloß noch zwanzig Meter sichtbare Stadtmauerreste, davor ein Stück Graben, der zum Stadtgarten ernannt und gestaltet worden ist und einen kleinen Teich umschließt, aus dem im Sommer nervtötend die Frösche quaken.

Durchs südliche Neustadtviertel, das schon anfängt, mit einer Wohnsiedlung am Schafbuck hochzuwuchern, läuft die Bahnlinie, durchs nördliche der Gaulbach, der, mit vielen anderen Äderchen, ohne daß er's weiß, der noch fernen Donau zustrebt.

Über dem Gaulbach drüben breitet sich ein Gewerbegebiet aus mit der überall gleichen Mischung von Industrie- und Werkstattgebäuden, Autohaus, Druckerei, Möbelmarkt, Baugeschäft usw. Außerdem ist dort die stillgelegte Seifert'sche Spinnerei und Weberei, ein Ziegelsteinbau mit Nebengebäuden, über hundert Jahre alt, dem man kaum mehr anmerkt, was für ein hochangesehenes Unternehmen es einmal war.

Der Altstadtkern macht bloß ein Viertel vom Ganzen aus. Durch ihn windet sich von West nach Ost leicht abfallend die Hauptstraße, die sich nach der Mitte zum Marktplatz am Rathaus erweitert. Nach Westen zu heißt sie Obere Hauptstraße mit stattlichen, fünf und sechs Fenster breiten, zwei-stöckigen Häusern und nochmal zwei Stock in den mächtigen barocken Giebeln, nach Osten zu heißt sie Untere Hauptstraße; da sind die Häuser niedriger und schmäler; das muß von einem ein-stigen Wohlstandsgefälle herkommen, welches nach Süden und Norden in je einem halben Dut-zend engeren Seitensträßlein weitergeht, sonst würde nicht eines davon »Bettelmanns Umkehr« heißen.

In so einem Gäßchen, Südgraben Nummer Sieb-zehn, wohnt Henle-Schreiners Annelies, ledig, langjährige Rathausangestellte und Universalkraft, seit vier Jahren im Ruhestand, alleinlebend, da vor zwei Jahren die Mutter gestorben ist.

Die kennt ihr heimatliches Nest in- und auswendig und weiß einen Haufen zu erzählen. Ihr ist gut zuhören, am besten in ihrem Hofgärtlein hinterm Haus, wo man im Sommer in knarzenden, bequemen Korbsesseln sitzt und vom überhängenden Knöterich Blütenblättchen in die Kaffeetassen schweben...

Henle-Schreiners Annelies

So heißt sie, aber schreiben tut sie sich Hirzel, und weil sich's jetzt so gehört, sagen jüngere Leute wohl »Frau Hirzel«, die älteren bleiben beim langgewohnten »Frailein« oder »Fraile Hirzel« oder gar »Fraile Annelies«. Sie selbst hat nichts dagegen. So ist das halt, sagt sie, wenn man im gleichen kleinen Nest seiner Lebtag hängen- und sitzengeblieben ist. Brauchst aber nicht denken, daß mich das reut.

Obwohl sie in der Volksschule immer die Beste war, obwohl sie halt zu gern in die Realschule gekommen wäre, nicht bloß weil sie auch zu den »höheren Schülern« hätte gehören wollen, die jeden Tag mit dem Zug in die Stadt fuhren, nein, sie hätte auch Englisch und Französisch büffeln wollen, wie der zwei Jahre ältere Heiner von Nachbar Fischers, und Mathe und Bio lernen anstatt nur Rechnen und Naturkunde, und vielleicht einmal gar Lehrerin werden, hat der Vater gesagt:

»Nix da! Bei den Buben ist es was anderes, aber die Mädla, die heiraten ja doch, und dann war alles umsonst; es kostet ja nicht bloß Schulgeld und Bücher, guck sie doch an, die aufgeputzten Affen, was die schon für einen Staat haben müssen! Und was sind sie, wenn sie sechs Jahre Höhere Schule hinter sich haben? Nix sind sie, und die von der Volksschule sind mittlerweile schon in Stellung oder in der Fabrik oder haben ausgelernt und verdienen etwas und können anfangen, für die Aussteuer zu sparen.«

Die Annelies hat geheult. Nicht Verkäuferin möchte sie werden wie ihre Schwester Hilde, nicht Friseuse – eher noch aufs Büro halt.

»Als ob das so ein Fratz mit zehn Jahren schon wissen könnt!« hat der Vater gesagt, »und überhaupt, in der Weberei beim Seifert bilden sie bloß Bürogehilfinnen aus, die Volksschule haben. Natürlich müssen sie ein gutes Zeugnis vorweisen. Und der alte Chef persönlich stellt die Lehrlinge ein und prüft sie vorher. Er diktiert einen Text mit ein paar Rechtschreibfallen drin, den müssen sie von Hand schreiben; dann sieht er gleich, was los ist. Und hat schon sagen können zu einer Bewerberin, die sich extra fein herausgeputzt hatte: ›Mädle, schmecka duesch guet, aber richtig Deitsch ka'sch fei neta!‹«

Als die Aufnahmeprüfung für die Realschule immer näher rückte, verlegte sie sich von Tränen und Gebettel auf stilles Leiden, ließ sofort den Kopf hängen, wenn der Vater auftauchte, und wenn die ganze Familie am Tisch saß – alle fünf waren sie damals noch beim Essen: die Eltern, die große Schwester Hilde, schon verlobt mit ihrem Schulmeister, und der Bruder Alfred, Geselle beim Vater in der Schreinerei – hat sie extra lustlos gelöffelt und gekaut und zwischendurch ihre kleinen, trockenen Schluchzer getan, daß die Mama Mitleid bekam und sagte: »Mein Gott, des Kend!« und selber schier angefangen hätte zu heulen. Bis dann vom Vater das Machtwort kam: »Volksschule, basta! Und in Gottes Namen nachher zu den Schwestern, Maria Stern in Nördlingen, wie eure Mutter. Da lernt man alles, was eine Frau heute braucht.« »Und neuerdings sogar Maschinenschreiben und Stenografie!« fügte die Hilde noch hinzu.

Manchmal, wenn sie da sitzt, sagt die Annelies, beim Frühstück am großen Wohnstubenfenster und schaut hinaus ins Gärtchen, dann muß sie oft denken, das ist jetzt meins, ganz allein meins, und wie doch alles grade so gekommen ist und nicht anders.
Ein Bauernsach ist's einmal gewesen, der Henlehof, und wo jetzt das Springbrünnele zwitschelt, muß der Misthaufen gewesen sein. Der Vater, als junger Schreinermeister, hat eingeheiratet; die Mutter hatte keine Geschwister gehabt. Die Landwirtschaft hat man nach und nach aufgegeben, in Stall und Scheuer die Werkstatt eingerichtet, und Wiesen und Äcker verpachtet. Der Bruder, der Alfred, hätte die Schreinerei übernehmen sollen und

13

ist im Krieg gefallen. Von da an hat der Vater einen Schlag gehabt, von dem er sich nie mehr erholte, und man hat ihn nimmer lachen sehen. Die Annelies habe oft gedacht: Die Mama und mich hat er doch auch noch – und die Hilde und drei Enkel; sind wir denn gar nix?

Als er 1950 am Tag vor dem Heiligen Abend gestorben ist, hat der Doktor gesagt:

»Ein gebrochenes Herz, Frau Hirzel, das gibt's!« – Also war es nicht bloß die Leber gewesen.

Dann ist sie mit der Mutter allein gewesen, und von der Werkstatt herüber hat man kein Sägen und Hobeln und Schleifen mehr gehört. Sie war siebenundzwanzig und Rathaus-Angestellte, und das sollte sie noch dreiunddreißig Jahre bleiben. Auch der Mutter zuliebe. Die hat gut für ihre Annelies gesorgt: gekocht, gewaschen, gebügelt. Zuletzt ist es dann umgekehrt gewesen.

Mittlerweile haben sie im Wohnhaus allerhand umgebaut und modernisiert, so nach und nach. Die Annelies hat oft gestöhnt: »Ein richtiges Mannsbild im Haus, das wär halt was wert! Aber keins wie der Schwager Geiger, der zwei linke Hände hat!«

Das Schönste von ihrem Nest ist das Höfle geworden, zwischen Wohnhaus und Werkstatt. Ein Minigarten, sechs auf sieben Meter, eine grüne Stube

14

ohne Dach, windgeschützt, von März bis November mit Blühendem ringsum und Ranken und Blumenampeln an den Wänden. Und seitlich, wo das überdachte Bretterlager gewesen ist, haben sie eine Loggia gemacht, zum Hof hin offen, daß man auch bei Regen draußen sitzen kann. Da gibt's oft lustige Gesellschaften, Alt und Jung, bei Kaffeeduft und Wein im Glas und Windlichtern und Schwätzen bis weit in laue Sommernächte hinein.

»A Paradiesle mit Schiebetür«, hat's einer genannt. »Do könntesch ja Ei'tritt verlange!«

Jugenderinnerungen

Die Annelies erzählt: Die Hirschwirts-Hedwig und ich, wir sind in der ganzen Schulzeit nebeneinander gesessen, waren dicke Freundinnen und mögen uns heute noch. Der »Hirsch«, Wirtschaft und Metzgerei, liegt mitten im Städtchen, Ecke Marktplatz und Untere Hauptstraße, nicht weit von uns. Manchmal sind wir zwei zum Franz-Beck beim Unteren Tor geschickt worden, um den frischgebackenen Leberkäs zu holen. Jede von uns hat einen Henkel der rechteckigen Kachel gepackt, und so haben wir die noch warme, köstliche Fracht fortgetragen. Im Hausgang der Bäckerei haben wir aber oft von der knusprigen Rinde etwas abgezupft und gefuttert. Einmal hat der Karle, der junge Franz-Beck, uns dabei erwischt und gerufen:

»Des müeßet 'r beichta, aber glei zwoifach: vom Leberkäs stibietzt und au no am Freitag!«

Wir haben viel gemeinsam gemacht, die Hedl und ich, und nicht immer was Gescheites. Einmal wollten wir unsern Puppen mit der Brennschere der Hirschwirtin Locken in die Haare drehen. Die Brennschere machten wir über einem Spirituskocher heiß. Es ist nicht gut gegangen, hat gestunken, und zwei Puppen waren für ihr Lebtag verschandelt.

Im Winter sind wir zum Schlittenfahren gegangen, am Schafbuck. Einmal haben wir so einen Zahn drauf gehabt, daß wir unten in den Eisweiher gesaust und eingebrochen sind. Da hätten wir, wenn wir nicht als halbe Eiszapfen heimgekommen wären, noch Hiebe gekriegt von unseren Müttern. Die waren sich einig: Lausmädla sind's, was der einen Dummes nicht einfällt, weiß die andre!

Die Mama hat jeden Abend im Hirsch das Bier geholt für den Vater im Henkelkrug. Sie ist immer hinten hinein durch die Küche, wo die Hirschwirtin geschaltet hat. Dann haben die zwei ihr Schwätzle gehalten. Das hat dauern können. Der Vater hat manchmal gebrummt:

»Hab ja nix drgega, wenn i bloß mei Bier hätt!«

Im Sommer sind wir oft in glühender Hitze an den Weldner Weiher zum Baden gelaufen; das dauert schon dreiviertel Stund. Solange wir noch nicht schwimmen konnten, ist Hedls ältere Schwester mitgegangen, die Irma, als Schwimmlehrerin, mitsamt Saublasen als Schwimmring-Ersatz und einem Vespersäckchen mit Brot und einem Peitschenstecken, d. h. Landjäger, pro Kopf. Am Samstagabend in der Erntezeit haben oft Bauernbuben, nur mit Bade- oder Unterhose bekleidet, ihre

Ackergäule in den Weiher geritten zur Kühlung und zum Schweißabspülen. Dann konnte es schon sein, daß einem beim Schwimmen Pferdeäpfel auf dem Wasser entgegentanzten. Da ist man halt ausgewichen; sonst hat es einen nicht gestört.

Die Irma war es auch, die uns und noch ein paar anderen später bei Grammophonmusik im Nebenzimmer des »Hirsch« das Tanzen beigebracht hat: Tango, Polka, Wiener und Langsamer Walzer. *Ich tanze mit dir in den Himmel hinein…* Meinen Eltern ist es recht gewesen, hat man dadurch doch Kursgeld und Ballkleid für das sonst übliche Tanzkränzchen gespart.

Aber ein Ballkleid, mein erstes, habe ich dann doch schnell gebraucht, das hat hopp-hopp gehen müssen. Da bin ich sechzehn gewesen und hatte schon manches Küßchen bekommen gehabt, gegeben weniger. Ich habe nicht viel vom Knutschen gehalten und überhaupt, die Mama war streng in dem Punkt: bloß nicht rumpoussieren und womöglich was Dummes machen und unglücklich sein fürs ganze Leben. Außerdem, das hat Zeit, und wenn man einmal damit anfängt, dann muß man's treiben. Solang man nichts davon weiß, macht's einen nicht heiß, die Natur ist ein Luder, die will bloß *eins*, die treibt zwei zusammen, und dann passiert's. Dann müssen sie einander haben für immer, obwohl sie womöglich gar nicht zusammenpassen, das gibt die unglücklichen Ehen. Oder er läßt sie sitzen, und sie hat das Kind, dann ist ihre »Kapp verschnitten«. Das ist die Straf für die Sünd. Weil, es ist eine ganz, ganz große Sünd… Das war so die übliche Aufklärung, als es die Pille noch nicht gab. Und wenn man »brav« geblieben ist, dann ist es wohl mehr aus Schiß gewesen als aus Tugend.

Später, bei den Enkeln, bei den dreien der Hilde, hat's die Mama nicht mehr so genau genommen, zwangsläufig. Die hätten sich auch kaum drum gekümmert.

Also, ich bin sechzehn gewesen und bin mit meiner Freundin Hedl gerade vom Nördlinger Fünfuhrzug gekommen, nach der Schule, da steht vor dem Bahnhof der Seiferts Hans, vom Fabrikant Seifert. Die in der Villa in der Langestraße draußen wohnen. Das war damals für mich ein Traum, die Villa. Oft bin ich ganz langsam am Gartenzaun entlanggegangen, um hineinzuschauen. Ein Jugendstil-Haus mit Erkern, farbigen Glasfenstern, Balkon, Freitreppe in den Garten, mit hellen Kieswegen zwischen Büschen, Bäumen und Blumenbeeten. Einmal habe ich gesehen, wie das Dienstmädchen in weißer Schürze herausgekommen ist und vom Spalier neben der Haustür Rosen abgeschnitten hat, in ein Körbchen hinein, und ein schwarz-weißes Angorakätzle ist ihr um die Wa-

19

den gestrichen. Da muß doch das Glück persönlich drin wohnen, habe ich gedacht.

Da hinein hat also der Seiferts Hans gehört, und der ist damals am Bahnhof auf uns zugegangen, hat mich angeschaut und gesagt:

»Kann i Sie amol sprecha?«

Die Hedl ist schnell weitergelaufen, und ich bin dagestanden, ganz überrumpelt und verdattert, auch weil er *Sie* gesagt hat. Man hat sich doch gekannt, vom Sehen und vom Namen her! Er hat mich gefragt, ob ich seine Balldame werden möcht beim Abiturball in zwei Wochen.

Ich habe gesagt: »I i i mueß z'erscht dahoim froga.« Das war im Mai 1939.

Ja, und dann hat man noch schnell ein Kleidle machen lassen. Baumwoll-Voile, weiß-hellblau, mit einem weiten, gefaßten Rock und Puffärmeln. Nett ist es gewesen, auch der Ball, mit Saxophon, Polonaise und meinem ersten Gläschen Sekt.

Und weiter? Nichts weiter. Der Seiferts Hans und fast die ganze Klasse hat doch drei Tage später einrücken müssen, zum Kommis, und vier Monate drauf in den Krieg.

Doch, doch, zu ein paar Küßchen hat's schon noch gereicht, und nachher halt schriftliche, per Feldpostbrief. In einem Urlaub, da ist er schon Fähnrich gewesen – oh, er hat toll ausgesehen in Uniform! – hat er gefragt:

»Wartesch auf mi, bis i wiederkomm?«
Ich habe gesagt: »Freilich!« und er drauf: »Oder
muesch z'erscht dahoim froga?«
Da haben wir noch lachen können.

Der Seiferts Hans ist nicht mehr gekommen. Von
seinem Jahrgang sind besonders viele gefallen.
Dazu hätten sie's Abitur nicht gebraucht!
Das Buch, das er mir geschenkt hat, habe ich noch:
Die kleine Chronik der Anna Magdalena Bach, in
dem das Lied drin ist *Willst du dein Herz mir schen-
ken...*
Weihnachten 1940 Hans steht vorne drin mit Bleistift
und auch der Preis: *2.85*.

Verwandtenbesuche

Die Annelies sagt: In den Ferien verreisen konnte und durfte unsereins in der Kindheit nur zu Verwandten, und das auch nur, wenn sie nicht zu weit weg wohnten, wegen dem Fahrgeld, und wenn sie einen überhaupt haben wollten. Da hatte ich es gut: Meine Patentante war Vaters Schwester Emmi. Ich durfte nicht »Dote« zu ihr sagen; das war ihr nicht fein genug. Sie wohnte in Augsburg; ihr Mann, der Onkel Albert, war was »Höheres beim Magistrat«. Drum war auch ihre einzige Tochter, die Lilly, nicht mein Bäsle, sondern meine Cousine. Sie ist ein Jahr älter als ich, und das paßte gut für einen Austausch. Durfte ich für zwei Wochen nach Augsburg, kam die Lilly dafür zwei Wochen nach Gniddringen. Und so, wie ich die große Stadt bestaunte und genoß, so genoß sie unser kleines Nest. Lilly sagt heute noch, es war für sie der Inbegriff des gelobten Landes, wo Milch und Honig flossen. Wir hatten damals noch einen Bienenstand und Hühner und einen großen Obst- und Gemüsegarten. Barfußlaufen, in die Beeren gehen, der Duft beim Himbeersaftmachen, beim Marmeladekochen, beim Pfifferlingedünsten am Abend, das war für sie echt »Sommerfrische auf dem

22

Land«. Und wie dem sonst näschigen Frauenzimmer bei uns die Bruckhölzer, Schupfnudeln und Griebenschneckle schmeckten!

Für mich dagegen war Augsburg Reichtum, Pracht und Herrlichkeit, aufregend und teils einschüchternd: der Dom, hoch, dunkel, gewaltig, feine Geschäfte, riesige Bürgerhäuser, Namensschilder und Klingelzüge aus goldglänzendem Messing neben den Haustüren, graue Bankpaläste mit Freitreppe, Säulenportal und hohen Bogenfenstern, hinter denen am hellichten Tag das Licht von vielarmigen Lüstern brannte – so eine Verschwendung! – die Hoteleingänge mit Baldachin, Portier in »Livree«, dunkelgrün und gold, blitzblanke Glasdrehtür, roter Läufer, Kübelpalmen links und rechts.

Der Onkel Albert hatte einen schwarzlackierten Spazierstock mit Silbergriff. Den nahm er am Sonntagvormittag mit, wenn er mit uns zum Promenadenkonzert ging in die Anlagen beim Königsplatz. Später hieß er Adolf-Hitler-Platz, aber jetzt hat er wieder den alten Namen. Da gab's eine Stunde lang Walzer und Märsche gratis.

»Schneidig!« sagte der Onkel Albert immer.

Im Februar 1944, als Augsburg zusammengebombt und ausgebrannt wurde, daß man meinte, *die* Stadt ist tot und wird's nie mehr geben, kamen sie an: Tante Emmi und Onkel Albert mit einem Rucksack, drei Taschen und einer Pappschachtel mit dem kläglich miauenden Kater Minkus drin, ohne Lilly, die war im Allgäu in Sicherheit, als Schwester in einem Lazarett.

Das war alles, was sie noch besaßen. Vom ganzen Haushalt war sonst nichts übrig geblieben. Vom Klavier bis zum Teesieb – alles kaputt, das Haus, in dem sie gewohnt hatten, mit dem naseweisen Erker zum Jakobsplatz, und alles drum herum – ein rauchender Trümmerberg. Sie brachten einen Brandgeruch mit, der, meine ich, noch tagelang von ihnen ausging, von ihren Kleidern, Haaren, Schuhen, vom verstörten Kater. Alfreds Zimmer und die Kammer daneben wurden ihre Unterkunft. Sie lebten fast zwei Jahre bei uns, anfangs dankbar für Aufnahme und Unterschlupf. Später betrieben sie ungeduldig die Rückkehr nach Augsburg. In der ganzen Zeit pendelte der Onkel »von Amts wegen« dauernd hin und her. Als sie sich dann in einer kleinen Wohnung in fader Augsburger Vorstadt mit dem Nötigsten »vorläufig« wieder einrichten konnten, soll die Tante gesagt haben, nie mehr könnte sie auf Dauer in so einem Nest wie Gniddringen leben. Und stammte doch von hier!

Zwei Schwägerinnen unter einem Dach, das ist nicht ideal, und schon gar nicht mit *einer* Küche.

Sicher wäre es nicht so gut gegangen, wenn die Mama nicht gleich zu Beginn bestimmt hätte: »Wenn mr uns scho han müeßet, nò wölle mr ons gern han, gell Emmi!«

Ingeborgs Tagebuch

Gestern beim Altbürgermeister gewesen, Annelies hatte gesagt, bei meiner Herumfragerei führe kein Weg an ihm, am Hermann Schulz, vorbei, ihrem langjährigen Chef.

Also bin ich hingegangen. Eine ganze Menge erfahren: Nützliches für meine Arbeit, Köstliches aus seiner Biografie und Vertiefung meiner Kenntnisse in der schwäbischen Sprache.

Er ist sechsundsechzig und seit drei Jahren außer Dienst, aber nicht ohne Arbeit.

Annelies hatte gesagt, wenn er sich nochmal gestellt hätte, wäre er mit Sicherheit wieder gewählt worden, haushoch, wie drei- oder viermal vorher schon, ein Pfundskerle. Dem verdankt das Städtchen viel, hat Schulden gemacht, als es noch günstig war, und immer rechtzeitig bremsen können, war schwer aktiv, auch im Fußball, und hat beim Landrat einen Stein im Brett gehabt.

Er ist blond, mittelgroß, kräftig, sieht ein bißchen aus wie Heinz Rühmann früher. Seine Frau, Brillenträgerin, dunkelhaarig, schlank, freundlich, holte ihn vom Garten herein. Er war beim Pfeifenreinigen, das darf er bloß im Freien machen, zehn Meter vom Haus weg, weil's doch so stinkt, und er fragt sich manchmal, wie das bei Kanzlers ist, der raucht doch auch Pfeife!

»Sie kommt von deiner Annelies«, sagte die Frau. »Studentin, macht eine Umfrage.«

Saßen zu dritt im geräumigen, hellen Wohnzimmer. Holte mein Schreibzeug aus der Tasche. Er fragte, ob ich von der Zeitung sei, Berichterstatterin?

»Sia, dia mag i gar net!« Da gäbe es schon gute, meinte er, die seien wie Hennen, wo Würmer fressen und Eier legen, aber bei den meisten sei es umgekehrt, sie seien wie Hennen, wo Eier fressen und Würmer legen. Ich staunte:

»Solche Hühner gibt's doch gar nicht!«

»Aber sotte Reporter gibt's!« behauptete er.

»Er meint es nicht so«, sagte seine Frau, »und überhaupt – bei so viel weiblichem Liebreiz, da schmilzt er!«

Er wehrte ab:

»O komm! Wenn des wohr wär, wär i nebe dir doch scho lang verschmolze!«

Später hat Annelies darüber mitgelacht und es mir erklärt: Er meinte nicht »verschmolzen«, sondern »zerschmolzen«, weil es im Schwäbischen statt »zer« immer oder meistens »ver« heißt: nicht zer-

beißen, zerbeulen, zerbrechen, zerbröckeln, zer-
drücken – sondern verbeißa, verbeula, verbrecha,
verbröckla, verdrucka...
Die Schwaben sagen auch nicht: erzählen, erraten,
erstechen, erleben, erfrieren. Die sagen: verzehla,
verröta, verstecha, verleba, verfriera! Wieder was
gelernt.

Der Altbürgermeister

Wie er zu seinem Amt gekommen ist, das war so: Ihn haben die Amerikaner im Jahr 1945 ohne viel Fragen ins Rathaus gelupft, wie man einen Hasen am Genick packt und in den ausgemisteten Stall setzt.

Der Männe, der Hermann Schulz, war kaum in seine Vaterstadt heimgekommen als ausgedienter Gefreiter, fünf Wochen nach dem Kriegsende, mit ordentlich gestempeltem und dreifach unterschriebenem Entlassungsschein der Amis, fünfundzwanzig Jahre alt, ledig. Vor dem Krieg hatte er gerade noch seine Verwaltungslehre gemacht gehabt, dann war er eingezogen worden. Nun hat er, um Lebensmittelmarken zu bekommen, an Bombentrichtern schippen müssen, die die Stadt am Schluß noch am Bahnhof und drum herum abbekommen hatte.

Er schleifte auch Bruchholz heim, sägte und spaltete es, als an einem milden Juniabend die Nachbarin mit einem Anliegen und einem Glas Einmachzwetschgen herüberkam.

Bei Nachbars, die Lotte, erwartete ihr erstes Kind, und wenn nichts dazwischenkäme, könnte es nächste Woche dann jeden Tag losgehen, ausgerechnet jetzt! Aber immer noch besser so, als wo noch Fliegeralarm war. Doch jetzt muß man einen Schein besorgen bei der Militärregierung, eine Fahrerlaubnis. Die muß man dem Taxi-Willi bringen, dann fährt er die Lotte ins Entbindungsheim, wenn's so weit ist. Ohne die Fahrerlaubnis darf er's nicht und kriegt auch kein Benzin, und weil doch der Männe in der Schule Englisch gelernt hat, ob er nicht so gut wäre und auf die Militärregierung ginge …?

Männes Mutter nahm der Nachbarin die Zwetschgen ab und sagte:

»Ach, das tut der Männe schon, gell Männe?«

Aber der war nicht arg begeistert und auch nicht überzeugt, daß sein Schulenglisch da viel hilft. Und außerdem, so Wörter wie ›schwanger‹ und ›niederkommen‹ das hatten sie damals nicht gehabt.

»Dann schlag halt nach«, sagte die Mutter, »und schreib dir's auf, was du sagen mußt!«

Was blieb ihm schon anderes übrig! Er hockte sich hin, setzte seine englische Rede auf und lernte sie so gut, daß die Amis glaubten, er sei in ihrer Sprache perfekt und ihn vom Fleck weg als Dolmetscher einstellten. Das heißt, vorher wurde er gefragt, ob er in der Partei gewesen sei.

Nein. Der Vater, die Mutter? – Nein. Nach der HJ fragten sie nicht, zunächst. Ob er maschineschreiben könne?

Nur ein bißchen, a little bit.

Ob er gleich anfangen könne? Das schon, aber...

Um drei Uhr nachmittags war er hingegangen, und gegen zehn Uhr abends fuhren sie ihn im Jeep heim, sonst hätte ihn die Militärpolizei bestimmt geschnappt, weil nachts Ausgangssperre war.

Im Nebenhaus brannte Licht in der Küche, die Nachbarin stand am hellen Fenster und rang die Hände, als er ausstieg; da winkte er ihr mit dem Fahrerlaubnisschein. Den Eltern sah man die ausgestandenen Ängste noch an. Die Mutter hatte inzwischen Durchfall bekommen.

Der Männe kam zur Militärregierung, als deren Amt noch klein und zuständig für alles war: für Beschlagnahme von Häusern für die Besatzungsmacht und für Verschleppte, Beschaffung von Hausrat, Teppichen, Büromöbeln, für Entnazifizierung aller Ämter, für Neubesetzung der freigewordenen Stellen, für Verkehr, Passier- und Benzinscheine, für Besuchserlaubnis im überfüllten Gefängnis und und und.

Der Männe war bei Verhören und Gerichtsverhandlungen, er war dabei, wenn wieder Waffen abgeliefert wurden, vom Vorderlader bis zum Jagdgewehr mit Zielfernrohr, und wenn die Boys damit herumspielten, daß es einem angst werden konnte, und ihren Spaß hatten, zum Fenster hinaus zu schießen, auf einen Starenkasten oder auch bloß in die Luft.

Der Männe wünschte sich damals oft, er hätte noch zusätzlich ein Paar Ohren, um besser dieses Ami-Englisch zu hören und ein schnelleres Schalten im Hirn, um es zu verstehen, besonders wenn der Leutnant Hopkins, den Kaugummi im Mund herumschiebend und die Lippen kaum öffnend, seine trägen Sätze herausquetschte.

Einmal wurde er gefragt, ob sein Baby jetzt da sei. Sie hatten gemeint, als er um den Fahrerlaubnisschein gekommen war, er sei der werdende Vater.

Ein andermal hatte er in einem von den Amis belegten Fabrikgrundstück zu tun, da waren Unterkünfte für farbige Soldaten einzurichten. Ein Corporal sagte zu ihm:

»We want mattresses.«

Männe dachte an Mätressen und fragte:

»Für die Nacht?«

»Of course!«

»Wie viele?«

»Ten.«

Mensch, wo bring' ich zehn Mädchen her? dachte Männe. Der braune Bomber sagte, sie hätten schon welche, aber die seien nicht gut. Und er zeigte sie dem Männe. Da begriff er, die wollten keine Mätressen, die wollten Matratzen.

Später stellte er fest, daß vielleicht zehn Mädchen

doch leichter zu finden gewesen wären als zehn gute Matratzen. Ganz in der Nähe gab es ein Viertel, da wohnten Fräuleins, die nicht spröde waren und scharf auf lukrative Beziehungen.

Der Männe mußte aufpassen wie ein Häftelesmacher, und trotzdem waren oft Verständigungsschwierigkeiten nicht zu vermeiden. So ist es auch nicht verwunderlich, daß der Männe wieder einmal glaubte, er höre nicht recht oder verstünde etwas falsch, als sie ihn eines Tages fragten, ob er Bürgermeister, »mayor«, werden wolle in Gniddringen. Er sei doch sozusagen vom Fach, und sie hätten gesehen, er sei »allright« und überhaupt »a fine guy« – feiner Kerl. Okay?

Okay.

So kam er ins Amt. Damals wurden neue Bürgermeister kommissarisch eingesetzt, später durfte die Bürgerschaft ihre Stadthäupter wieder selber wählen, und mancher frühere Schultes kam frisch gereinigt, d. h. entnazifiziert, auf seinen alten Platz zurück.

Sein erster dunkler Anzug

Bürgermeister sein war kein Honiglecken damals, als der Männe ins Amt kam. Es hieß den Mangel verwalten, Kleidung, Nahrung, Wohnraum; Zählungen durchführen, Meldungen machen. Es hieß auch Standesbeamter sein und Trauungen vornehmen. Der Männe hatte von all dem keine Ahnung, und einen dunklen Anzug für bestimmte Anlässe hatte er auch nicht, woher denn? Als er eingezogen wurde, war er achtzehn und noch nicht ausgewachsen. Kein Grund, einen dunklen Anzug zu kaufen, nachher, auf Bezugschein, Hosen und Jackett aus dreckig-grauem Mischgewebe, das zuerst steif war, dann lommelig sich ausbeulte und verzog.

»Aber besser schon als das, was der Vater im Ersten Weltkrieg heimgebracht hat«, sagte die Mutter.

Der Vater war mit dem letzten Gefangenentransport im Februar 1920 aus Frankreich nach Mannheim gekommen, wo sie nicht nur entlaust, sondern auch neu eingekleidet wurden. Als die Mutter dann später die in Mannheim neugefaßte lange Unterhose und das Hemd wusch, wunderte sie sich. Sie kriegte das Zeugs mit dem Holzlöffel im Kessel einfach nicht zu fassen. Sie rührte und rührte, es war weg, hatte sich aufgelöst; mußte wohl von der Papier- und Zellstoffindustrie gewesen sein. – So gesehen gab es in den Nachkriegsverhältnissen einen gewissen Fortschritt.

Also, der Männe hatte keinen dunklen Anzug, als er die erste standesamtliche Trauung vorzunehmen hatte. Da hat sein Schreibfräulein, die Annelies, gesagt:

»Ich frag' meinen Schwager, der hat einen.«

So hat er sich also vom Rektor Geiger einen Anzug geliehen. Der Geiger war wohl einen halben Kopf kleiner als der Männe, dafür hatte er einen dickeren Bauch. Man kann sich vorstellen, wie das gepaßt hat. Nur gut, daß der Männe die meiste Zeit hinterm Tisch sitzend die Unzulänglichkeit seiner Aufmachung etwas kaschieren konnte.

Der Männe fuhr alle acht bis vierzehn Tage mit dem Fahrrad die zwanzig Kilometer heim, um der Mutter die schmutzige Wäsche zu bringen und dafür frische zu fassen. Als Transportbehälter benutzte er eine auf den Gepäckständer geklemmte Carepaketschachtel, welche ihm seine Zimmervermieterin, die Frau Bader, überlassen hatte. Das ging eine Weile, bis die Mutter sagte:

»Das mit der Carepaketschachtel muß aufhören, die Leute werden schon neidisch und meinen, wir seien auf Carepakete abonniert oder du staubst womöglich irgendwo welche ab. Einer wie du in so einem Amt wird besonders genau beobachtet und kann sich selbst den Schein einer krummen Tour nicht leisten!«

Sie suchte ihm einen älteren Vulkanfiberkoffer hervor, der freilich mit einem Strick verschnürt werden mußte, weil eines der Schlösser kaputt war.

Die Mutter! Was die alles regelte und besorgte! Auch in der Anzugfrage wurde sie tätig. Nachdem nämlich die Ausleiherei vier- oder fünfmal geklappt hatte, ging es eines schönen Tags bei einer Beerdigung nicht, weil der Besitzer zugleich Leiter des Kirchenchors war und just bei der nämlichen Beerdigung seinen Anzug selber brauchte.

Der Männe als Bügermeister hätte sich wohl einen Bezugschein ausstellen können, aber seit bei einem Schuhkauf die Verkäuferin, es war auch noch eine entfernte Verwandte, augenzwinkernd gesagt hatte:

»Ja, ja, an der Quelle saß der Knabe!« war es ihm vergangen, sich selber zu bedienen.

»Do ben i hoikel…«

Die Mutter sagte:

»Da hilft nur eine Tauschanzeige.«

Sie inserierte im einmal wöchentlich erscheinenden Mitteilungsblatt: *Suche schwarzen oder dunklen Herrenanzug, Größe 48, biete reparaturbedürftige Mandoline, Kinderklappbett oder sechsteiligen Hasenstall.*

Nach vielem Hin und Her, Prüfen, verwerfen und nochmal Probieren fanden sie schließlich doch den richtigen, der sogar paßte. Die Mutter reinigte ihn mit Panamarinde und Salmiakgeist, wo es nötig war, dämpfte scharfe Bügelfalten in die Hosenbeine hinein und den Glanz aus dem Hinterteil heraus, daß er fast wie neu war. Sein erster dunkler Herrenanzug! Der Männe sagte:

»Wann wird das wohl wieder normal, daß man schafft, Geld verdient und dafür kaufen kann, was man braucht, ohne Beziehungen, Bezugschein, Tausch und hintenrum! Wie lang dauert das denn nach so einem Krieg, wie war das denn nach dem Ersten?«

»Och«, sagte der Vater, »anno Dreiundzwanzig, wie die Rentenmark kam…«

»Fünf Jahre!« stöhnte der Männe.

Aber es ging dann doch nicht so lange, nur drei.

Der Anzug aber tat bis in die Fünfzigerjahre hinein treulich seinen Dienst, bei freudigen und traurigen Anlässen, auch noch als zweite Garnitur etwa bei bürgermeisterlichem Spatenstich und Zuchtbullenkauf. Er hing dann, als er »beim besten Willen« für seinen Herrn nicht mehr gut genug war, obwohl der Stoff, aus dem er war, die prima Vorkriegsqualität nie verlor, noch etliche Zeit unbenutzt ganz links im Schrank.

Einmal wurde er doch hervorgeholt, um bei einer

Gniddringer Theateraufführung als belachtes Requisit mitzuspielen, und bevor er schließlich in den Lumpensack wanderte, winkte er noch einen halben Sommer lang als Vogelscheuche mit leeren Ärmeln aus Henle-Schreiners Kirschbaumkrone: Ade!

Allerlei Gniddringer Leute

und Geschichten

Der Franz-Beck

Der Karle von der Bäckerei Huck beim Unteren
Tor, die man Franz-Beck geheißen hat, weil es einmal zwei Bäcker Huck gegeben hat, einen Franz
und einen Walter, also der junge Franz-Beck, der
Karle, hat eines schönen Tags im Mai 1933 vielleicht seine glücklichste Stunde erlebt, und die
ganze Hauptstraße hat es mitbekommen.
Er war damals so Mitte Zwanzig und schon lange
verliebt in die Helene Guttmann vom Kaufhaus
Guttmann in der Oberen Hauptstraße. Guttmann,
das bedeutet Bürsten, Besen, Körbe, Haushaltswa-
ren aus Holz, Metall, Glas, Keramik, Porzellan,
zwei blanke Schaufenster vorne hinaus, ein kleine-
res auf der Seite. Die Witwe Guttmann war die Se-
niorchefin, mit im Geschäft standen Tochter
Wilma, verlobt, und Tochter Helene, noch ledig,
alle drei groß, aschblond, vollschlank und immer
tip-top. Und in die Helene war der junge Franz-
Beck verknallt; die ganze Stadt hat's gewußt und
auch, daß die Helene sich einfach nicht hat ent-
scheiden können, ob sie ihn will, vielleicht weil er
ein bißchen kleiner war als sie, vielleicht wegen
seinen roten Haaren oder vielleicht weil sie halt
lieber was Gesetzteres gehabt hätte und keinen

solchen Springinsfeld, wie der Karle Huck, der Franz-Beck, einer war. Fast jeden Werktag ist er so um vier Uhr, wenn die Arbeit in der Backstube getan war, die Hauptstraße hinauf gefußelt, mit und ohne Henkelkorb, mit und ohne Vorwand, bloß weil er die Helene hat sehen und umwerben wollen. Und an jenem Tag ist es dann soweit gewesen: Der Franz-Beck ist von Guttmanns Laden herausgeschossen und im Zickzack die Hauptstraße hinuntergesprungen, hat überm Kopf sein weißes Bäckermützle geschwenkt und hat links beim Friseur und rechts im Gemüseladen und wieder links beim Schuster Pfeifer und immer so hin und her verkündet:

»*Ja* hat sie gesagt, die Helene hat *ja* gesagt!«

Die Leute haben gelacht und sich mitgefreut, aber die Helene Guttmann hat ihm von der Ladentür aus nachgeschaut und die Hände vors Gesicht geschlagen und gesagt:

»Wenn er bloß net so a Hupfauf wär!«

»Des legt sich mit der Zeit!« hat wohl die Mama Guttmann gemeint und schon recht gehabt.

Bald war dann die Hochzeit, die Helene wurde mit offenen Armen von den alten Franz-Becks aufgenommen; sie zogen gern einen Stock höher, waren froh, entlastet zu werden und eine so propere Schwiegertochter ins Haus zu bekommen.

Und es ging auch alles recht gut. Der Karle, weiterhin ein lustiger Kerle, war tüchtig in der Backstube, und seine Helene eine adrette, immer freundliche Bäckersfrau im Laden. Als dann nach längerem bangem Warten sich auch Nachwuchs einstellte, war die Freude groß, wenn's auch bloß ein Mädchen war und der Franz-Beck schon sehr auf einen Stammhalter gehofft hatte.

»Was net isch, ka no werda!« sagte er und wird sein Möglichstes schon getan haben.

Aber es sollte und sollte nicht sein und hätte wahrscheinlich auch nichts mehr werden können, wenn nicht der Krieg gekommen und der Karle noch Anfang 1944 eingezogen worden wäre.

Als Ersatz kriegten die Franz-Becks einen französischen Gefangenen, den René, einen verheirateten Bäcker aus der Gegend von Rouen. Eine gute Arbeitskraft, einer vom Fach, und dazu ein Mann, nein, ein Monsieur mit dem französischen Etwas, so galant, so ein Kavalier, der sagte Madame zur Chefin und später Helään. Wie elegant das klang, wie das guttat, wie das streichelte, Helään, ganz anders als Karles bäurisch-plumpes Helene, Betonung auf der ersten Silbe, wenn auch wie in Altgriechisch.

Kurz und gut, sie blühte auf, mehr denn je, sie strahlte, obwohl die Zeiten und Lebensumstände kriegsmäßig und alles andere als rosig waren.

Wann, wo und wie sich dann was abgespielt hat zwischen den beiden, was mehr war als Sympathie – und ob überhaupt – ein Wunder wär's jedenfalls nicht gewesen – aber gewiß weiß man's nicht.

Am 9. Mai, als auch in Gniddringen der Krieg aus war, nahm der René als freier Mann Abschied von Franz-Becks und vom Städtchen, und zwei Wochen später kam der Karle wieder heim, ausgedient und unversehrt, und prompt neun Monate danach, oder waren's bloß acht? hat's bei Franz-Becks den ersehnten Buben gegeben.

Die Gniddringer haben gelästert und gerätselt, ob das jetzt Abschiedsgeschenk und Erinnerung oder Willkommensgabe und Heimkehrfreude sei?

»So oder so«, sagte die Hirschwirtin, »auf jeden Fall isch's a Franz-Beck!«

Und was für einer! Betreibt die modern und dreimal so groß gewordene Bäckerei am Unteren Tor mit seiner jungen Frau in der vierten Generation. Sie haben ein Steh-Café eingerichtet, da geht's ständig raus und rein, beschäftigen ein halbes Dutzend Leute, und es gibt dort nicht nur die besten Brezeln weit und breit.

Die Helene und der Karle haben sich als Alterssitz ein Häusle im Grünen gebaut, am Schafbuck, und fahren einen hellblauen Mercedes. Meistens ist die

Helene am Steuer, wie in ihrer Ehe wohl auch, und der Karle fährt nicht schlecht dabei. Sie waren schon öfter im Urlaub, einmal in Mallorca und auf Teneriffa und haben noch viel vor, und zur Goldenen Hochzeit haben sie mit der Volksbank eine Kreuzfahrt im Mittelmeer gemacht, beide mittlerweile weißhaarig und elegant, und sollen beim Bordball miteinander getanzt haben wie der Lump am Stecken, erzählen die Gniddringer, die auch dabei waren. Und bloß die älteren wissen noch, daß es in der Ehe einmal ein Tief von Frankreich her gegeben hat, oder womöglich war's auch ein Hoch.

Der Problemfall

Noch eh sie morgens richtig aufgestanden und angezogen ist, kann es sein, daß die Annelies Besuch bekommt. Dann steht der Franz Setinek vor der Tür, ein schmächtiges, älteres Männlein, lupft den Hut von seiner glänzigen Stirnglatze und sagt ganz fröhlich:

»Mo… Mo… Morgen Frollein Doktor! Soll ich Ho… Ho… Holz machen haite?«

Das ist auch ein Verehrer der Annelies und gleichzeitig ein treuer Kunde, Hausknecht und »Hofgärtner«. Sie muß für ihn Anträge stellen, Eingaben machen, Formulare ausfüllen, er läßt sich von der Titulierung »Frollein Doktor« nicht abbringen. Wenn man so gescheit sei wie zwei Advokaten zusammen und so schreiben könne wie gedruckt, so schnell und ohne hinzuschauen, für ihn ist das der Gipfel des Könnens überhaupt.

Die Annelies erzählt: Er ist »schwe… schwerbeschädigt«, sagt er, und das glaubt man ihm auch. Er sagt, er sei eine Zangengeburt gewesen und er habe die Nottaufe bekommen in Dings bei Budweis. Schule hat er wohl besucht, aber nicht lang. Vier Kinder hat er, zwei von der ersten Frau, die ist ihm gestorben im dritten Kindbett, zwei von der zweiten, die »a… a…arbeitet beim Zenger in der Metzgerei«; er selber könne nicht arbeiten in geschlossenen Räumen, bloß im Freien, und nicht den ganzen Tag, wegen dem Gehirnschaden von der Zangengeburt und weil ihn auch noch einer überfahren hat mit dem Auto im zweiundsechziger Jahr, der Schlosser Wiedmann, wie er rückwärts aus dem Hof heraus ist. Der war aber nicht schuld, der hat ihn nicht sehen können, weil er, der Franz Setinek, sich gerade gebückt hat nach einem Fufzgerle, das in der Kandl geglänzt hat, aber dann war's gar keins, bloß eine Flaschenkapsel. Den Fuß hat er dabei zweimal gebrochen und Gehirnerschütterung hat er gehabt. Dann haben sie ihm im Krankenhaus aber bloß den Fuß geflickt und auch nicht richtig, drum hinkt er jetzt, das war vorher nicht gewesen. Am Kopf haben sie gar nichts gemacht, die Ärzte; das war ein Fehler, meint er.

Den hat mir die Mama an einem schönen Tag aufgegabelt, als er in Pfeifers Schusterwerkstatt zum Erbarmen gestottert und gejammert und den Meister um Hilfe angebettelt hat. Bloß einen Bogen sollte ihm einer ausfüllen, den hat er vom Rathaus bekommen, und einen Brief sollte ihm einer schreiben, dann wär ihm geholfen, ihm und seiner ganzen Familie – er hat ihn schon aufgesetzt, da, da, und er klaubt einen Wust von Zetteln aus sämtlichen Manteltaschen. Der Meister winkt ab:

»Tut mir leid, hab' dafür doch keine Zeit und auch keine Schreibmaschin!«

Da hat er seinen Papierkram wieder eingesteckt mit sowas von Traurigkeit, hat die Mama gesagt. Die war als Kundin gerade am Bezahlen. Und dann, bevor er hinausgeschlichen ist, geduckt wie ein verprügelter Hund, hat er zum Meister hin zweimal einen Bückling gemacht, und zu ihr hat er gesagt:

»Kü... Kü... Küß die Hand, gnä Frau!«

Da war's um die Mama und ihr weiches Herz geschehen. Sie ist ihm nach, hat ihn auf der Straße eingeholt und gesagt:

»Guter Mann, ich werde Ihnen helfen. Meine Tochter schreibt den Brief!«

Es hat sich um einen Fall von hoffnungsloser Überschuldung gehandelt und um einen Antrag bei der Landesregierung auf »einmalige Beihilfe«.

In sämtlichen Bekleidungs- und Haushaltsgeschäften von Stadt und Umgebung hatte er eingekauft: Mantel, Hose, Röcke, Jacken, ›Bischdek, Burzulandeller und Bratfane‹. Überall hatte er fünf Mark anbezahlt und gesagt, das andere in Raten und überhaupt bekomme er demnächst eine größere Nachzahlung vom Sozialamt. Weder das eine noch das andere hat gestimmt.

Und kriegt die Schulden tatsächlich aus einem bestimmten Sonderfonds des Landes bezahlt, bloß weil ich, »die Frollein Doktor«, behauptet er, so einen schönen Brief geschrieben und so eine schöne Liste – drei Seiten – von den Mahnungen und Rechnungen gemacht habe.

Seitdem bringt er mir alle seine Anliegen, zwei, drei im Jahr und bietet dafür an: Hof und Einfahrt kehren, Schnee schippen, Teppich klopfen und solche Sachen.

Immer kommt er ungerufen, und wenn er die geschenkte blau-weiße Lufthansatasche dabei hat, weiß ich: jetzt schleift er wieder einen von seinen Problemfällen daher, und ich lege blitzschnell eine alte Zeitung auf den Stuhl, bevor er sich setzt, und wenn er eine halbe Stunde im Zimmer gehockt ist, muß ich nachher zwei Stunden lüften, so einen Gestank von Knoblauch, Pfeifensaft und Kittelmief läßt er zurück.

Einmal geht es um einen Streit mit den Hausgenossen, einen Sturz auf der Treppe. Er behauptet, er habe die Frau nicht gestoßen, nein festhalten wollte er sie, daß sie nicht fällt. Dann werden ihm zwei der Kinder weggenommen und in Pflege gegeben, die Lehrer sagen, sie seien verwahrlost und verlaust. Da kommen sie auf einen Bauernhof, und er will sie zurückhaben. Ihm zerreißt es das Herz, als er merkt, wieviel Kindergeld ihm verlorengeht.

Den Gipfel erreichen seine Geschichten Mitte der Sechzigerjahre, als vom Jugendamt Berlin ein Schreiben kommt, da sei eine Frau Soundso, die habe einen Sohn von ihm und habe jetzt erst seinen Aufenthalt ausfindig machen können. Man verlangt Alimentennachzahlung von ihm für achtzehn Jahre!

Der Setinek sagt: »Da... das kann nicht sein, weil, wo das angeblich hätte passiert sein sollen, da, da war noch Krieg und er unterwegs, ist ein Fliegerangriff gewesen in Dingsda, in Sachsen, und er in Schulhaus-Luftschutzkeller rein, und sind Bomben gefallen, Schulhaus ganz kaputt, und er verschüttet gewesen vier Tage lang oder länger und weiß nix mehr.«

Also schreibe ich brav: ... *kann nicht sein, ist zur fraglichen Zeit verschüttet gewesen in Schulhauskeller in Dingsda in Sachsen...*

Kommt prommpt die Antwort... *stimmt genau. Frau Soundso... ebenfalls verschüttet gewesen vier Tage in Schulhaus in Sachsen, ebenda.*

So hat der Mensch einen ständigen Schriftverkehr mit Ämtern und Gerichten: Er bringt mir seine wirren Aufschriebe in schauderhaftem Deutsch, und ich zerlege, formuliere, ergänze und tippe, werde oft zornig und oft muß ich lachen. Nie vergißt er am Ende der Sitzung zu fragen:

»Wa... wa... was bi... bin ich schuldig, Frollein

Doktor?« und so zu tun, als wolle er eine Briefta-
sche zücken.

So habe ich ihm schon x-mal aus der Klemme geholfen, aber das ist weiter nicht schwer: Wo nichts
ist, kann man nichts holen, und wenn's gerichtlich
wird, sieht jeder Richter schon von weitem:
»schuldunfähig!« – so blöd kann er sich anstellen
und so zum Erbarmen kann er stottern. Obwohl
seine Rede bei sich daheim, so hat man mir erzählt,
überhaupt nicht stockt, besonders wenn er ins
schimpfen kommt mit Wörtern aus der alten
Heimat: »du Dreckhadern, du Schludern, du
Schlompn, du Flitschn du miserabliges, sakramen-
tisches, blädes« – da geht es fließend.

Ingeborgs Tagebuch

Jeden Donnerstagmittag und jeden zweiten Samstagabend kommt Dr. Scheuermann zum Essen.
Seit eineinhalb Jahren geht das schon. Er ist Jurist
und ein ganz hohes Tier im Staatsdienst gewesen.
Nach seiner Pensionierung zog er mit seiner Frau
nach Gniddringen in ihr elterliches Haus. Sie war
eine geborene Seifert und ist 1985 gestorben, im
gleichen Jahr wie Annelieses Mutter. Er sei ein
feiner Mensch, sagen die Leute, bescheiden, einfach und natürlich, aber sie – nein, sagen die Leute,
sie war gerade das Gegenteil, ein Ripp, ein hoch-
näsiges. Der hätte etwas Besseres verdient gehabt,
etwas Liebevolleres, etwas mit mehr Herz, sagen
die Leute.

Er ist Brillenträger, bartlos, rundgesichtig, Pfeifen-
raucher, nicht motorisiert, ein Genießer, kann
herrlich erzählen, mag Schwäbisches, aber nicht
bloß, riecht angenehm. Seine 75 Jahre sieht man
ihm nicht an, hellgraue, wache Augen. Verehrt die
Annelies, handküßlich. Sie mögen sich, glaube ich,
sehr.

51

Sie sagt, in seiner Gegenwart, er sei ihr zugelaufen, einfach der Nase nach. Er lacht mit geschlossenem Mund, errötet, schaut pfiffig.

Später erfahre ich:

Scheuermanns hatten keine Kinder. Er samt Haus und Garten wird von einem Rentnerehepaar versorgt, das mit in der Seifert-Villa wohnt.

Wenn er abends mit Bürschle, dem Rauhhaardackel, seine Runde macht und in die Nähe des Südgrabens kommt, fängt der Hund an, ganz arg an der Leine zu ziehen. Er strebt zur Annelies. Wie sein Herrchen, sagen die Leute. Seltsam, wie sich die Kreise schließen! Er ist jetzt der Hausherr des schönen Anwesens, das die Annelies in ihrer Jugend schon, im Vorbeigehen, bewundernd und respektvoll betrachtete.

Oft bringt er Blumen mit. Annelies sagt, am Anfang waren es einzelne Rosen oder kleine Sträußchen, die Platz in der Aktentasche hatten.

Da möchte ich noch mehr wissen.

Die Freundschaft

Wie es angefangen hat. Annelies sagt, durch den Platzregen. Ist doch am 6. September vorvoriges Jahr, es war am Vortag von Schwager Rudis Geburtstag, drum weiß sie den Zeitpunkt so genau, am Abend ein Platzregen losgebrochen, daß es bloß so geschüttet hat. Sie hört, wie sich jemand unterm Haustürvordach unterstellt, macht auf, und der Dr. Scheuermann samt Dackel, triefnaß, starrt sie an:

»Ach hier wohnen Sie, Fräulein Hirzel!«

Die Annelies ist erstaunt, daß er ihren Namen noch weiß. Sie hatten vor Jahren einmal auf dem Rathaus miteinander zu tun gehabt. Er erklärte es später:

»Sowas Charmantes, Tüchtiges, Gewandtes in so einem Nest, das fällt auf, das merkt man sich.«

Sie traten in den Gang. Bürschle, der Dackel, schüttelte sich das Wasser aus dem Fell, sein Herrchen legte den tropfenden Hut und die Windjacke über den Schirmständer:

»Wir bringen Ihnen nur Nässe ins Haus.«

»Macht nix«, sagte Annelies.

Dann hob er die Nase: »Da riecht's gut – nach Zwiebelkuchen?«

»Ja«, sagte Annelies, »kommen Sie weiter!« und führte sie in die Wohnstube. Er sagte wohlig:

»Aah! Zwiebelkuchen, den hat meine Mutter auch so gut gemacht. Lang, lang ist's her!«

»Möchten Sie einen?« fragte Annelies. »Er kommt grad frisch aus dem Rohr.«

»Aber wir können Ihnen doch nicht einfach so ...« Seine Abwehr war schwach, und Annelies hatte schon ein grün-weiß-kariertes Tischtuch aufgelegt. »Hab' grad selber Lust«, sagte sie. »Neuer Wein ist keiner da, aber ein milder Roter paßt auch.«

Es wurde ein unverhofftes Fest für Gaumen und Gemüt. Ach, wie das schmeckte! Auch dem Hund. Sie ließen sich Zeit. Bis dann die Flasche fast leer und der halbe Kuchen weg war, hatten sie festgestellt, wie viele gemeinsame Vorlieben sie hatten und kamen dabei von Bergwandern, Hütteneinkehr mit Erbswurstsuppe, Eierhaber, Buttermilch, zu Salzburger Land und Waggerl und Mozartkugeln und -musik, Uferspaziergängen am Boden- oder Luganer- oder Alpsee im Herbst, wenn der Rummel vorbei ist, über Sebastian Blau und Thaddäus Troll zurück zu Maultaschen, Schupfnudeln und und und.

»Jetzt haben wir Sie unversehens Ihres Zwiebelkuchens beraubt«, sagte schließlich der Gast und hatte einen seligen Glanz auf den Bäckchen und in den Augen.

Annelies beruhigte ihn, er habe nicht sie beraubt, nur ihren Schwager, der hätte den Kuchen zum morgigen Geburtstag bekommen sollen. Aber es würde ihr schon was anderes für ihn einfallen, Hesse-Gedichte, da hat er auch länger dran. Im übrigen habe es ihr schon lange nicht mehr so gut bei sich selber geschmeckt.

Am anderen Tag revanchierte sich der Doktor mit drei Flaschen Wein, darunter einen trockenen Mosel.

Dieser wieder paßte zum nächsten Fischessen, zu dem Annelies einlud: Schollenfilet, in Butter und Mandelblättchen gebacken, mit Kartoffel- und grünem Salat, und Birnenkompott zum Nachtisch. So hat es angefangen. So ging es weiter...

Vom Sterben und Erben

Die Annelies erzählt: In der Kirchgasse die Tante Sofie, eine Base von unserem Vater, die hat mich irgendwie gern gemocht, vielleicht weil ich sie manchmal mit meinem weißen Käfer zum Doktor oder in die Stadt oder einfach spazierengefahren habe, wenn ihre Nächsten halt keine Zeit hatten vor lauter »Schaffa, schaffa, Geld verdiena«. Vielleicht hat sie mich auch mögen, weil ich ihr so gern zugehört habe, wenn sie von ihren »schönsten Jahren« erzählt hat; als sie Chefköchin beim Fürst Fugger gewesen war.

Die Tante Sofie also hat an einem schönen Tag zu mir gesagt, ich solle auch ein Andenken an sie haben, wenn sie einmal nicht mehr sei und ich könne es mir aussuchen, entweder den Anhänger mit dem roten Stein oder das Damasttischtuch für zwölf Personen. Ich habe mich für das Tischtuch entschieden. Und immer wenn ich danach zu ihr kam, hat sie gesagt:

»Mit dem Tischtuech muesch halt no warte, bis i stirb.«

Die Tante Sofie ist alt geworden, an die Neunzig. Wenige Tage, bevor sie für immer eingeschlafen ist, habe ich sie noch besucht. Die Schwieger-En-

kelin, die Trude, die im Haus gewohnt und sie jahrelang mitversorgt hat, hat mich in ihre Stube geführt. Die Tante ist im frischbezogenen Bett mehr gesessen als gelegen; zum ersten Mal in ihrem Leben ruhte sie auf dem Paradekopfkissen mit Spitzeneinsätzen, »weil heit doch no dr Herr Pfarrer kommt!«, wie mir die Trude zuflüsterte. Die Tante, ihr Gesichtchen war so spitzig und bleich wie aus Elfenbein geschnitzt, hat mich angeschaut wie eine Fremde, hat mich nicht erkannt. Und dann, als ich den Namen gesagt habe, hat es aufgeleuchtet:
»D' Annelies!«
Sie hat gesagt, wie sehr sie sich auf die Ewigkeit freut. Bald, bald ist's so weit. Und dann werden sie wieder alle beinander sein, alle ihre Lieben, die schon vorausgegangen sind. Wird das eine Herrlichkeit sein!
Ich habe ihre Hand gestreichelt und war gerührt von so viel gläubiger Zuversicht. Dann hat sie zur Trude hin gesagt:
»An große Wunsch hätt i halt!«
»Ja, was denn?« Wir haben gespannt gehorcht.
»I möcht amol wieder Kässpätzla.«
Wir haben lachen müssen, und die Trude hat gesagt:
»Heut geht's nimmer, aber morgen, gell?«
Übrigens, das Tischtuch habe ich nicht bekommen. Vielleicht hat sie nochmal ein anderes Testa-

ment gemacht, und da ist's eben nicht drin gestanden, oder sonst jemand hat es abgezweigt und brauchen können, rechtmäßig oder nicht – es soll ihm guttun! Was täte ich auch damit? Heutzutage eine Festtafel für zwölf Personen ausrichten! Himmelangst wär es mir. Da geht man lieber in den »Hirsch« oder in die »Sonne« oder in den »Stern«. Man hat's ja!

Ich denke manchmal an die Tante Sofie, gern denke ich an sie. Sie ist ein herzensguter Mensch gewesen. Nach dem Krieg, als viele Bettler an die Haustür kamen, haben sie bei Tante Sofie einen Kaffee und eine Schneckennudel oder eine Suppe bekommen. Im Hausgang war ein Bänkle, da durften sie sich hinsetzen. Geld hat sie nicht gern gegeben.

»Dia versaufet's ja doch!«

Einmal hat einer, ein alter Kunde, gesagt:

»Fraule, hättest mr net a Paar Stiefel vom Ma?«

»I guck'«, hat sie gesagt und welche herausgesucht, die groß genug waren. Als er sie anziehen wollte und sie seine lumpigen Socken sah, hat sie gesagt:

»Ha komm, Socka brauchsch au!« Sie hat ihm gute Socken hergetan, wollene, selbergestrickte. Und dann hat sie seine zerschundenen, verkrusteten Füße gesehen. »Oh Kerle, wart!« hat sie gesagt und einen Eimer warmes Wasser geholt und Seife. »Tues no guet ei'woicha!« Zuletzt hat sie ein altes

Handtuch gebracht und hat ihm geholfen beim Trockenreiben. Auf einmal hat der alte Mann geheult. »Was hosch denn?« hat sie gefragt.

»Oh«, hat er gesagt, »i hab' scho viel g'schenkt kriegt, Kiddl, Hemed, sogar an Mantl, aber d' Fiaß hot mr no niemand gwäscha!«

Ja, das Tischtuch habe ich nicht bekommen, aber so eine gute Geschichte ist mir geblieben, von der Tante Sofie, und ist mir viel wert.

Krieg und Frieden mit der Gertrud

Eigentlich heißt sie Gertrud Seidenfuß, und den Spitznamen »Käppeles-Gertrud« hat sie, weil sie das ganze Jahr über nie ohne Kappe, Kopftuch oder sonstige Bedeckung gesehen wird. Sie wohnt seit Jahren in dem eingewachsenen Landhäuschen am Heckenweg, ganz allein, die einzige Tochter eines ehemaligen Kunsterziehers, Studienrats und Malers, der sich, wer weiß warum, für seinen Ruhesitz dieses Fleckchen ausgesucht hat. Die Gertrud hat, nachdem die Mutter gestorben war, ihrem Vater den Haushalt geführt, bis sie verblüht war. Dann, als auch der Vater nicht mehr lebte, hat sie sich noch mehr als zuvor abgekapselt und eingesponnen; Kontakt zu den Leuten hier hatte sie auch vorher noch nie gesucht und gefunden, weshalb man sie für hochmütig und »a weng gspässig« ansah. Auch wußte man nicht recht, wovon sie eigentlich lebte. Man nahm an, daß sie eine kleine Rente bezog, aber groß konnte ihr Einkommen nicht sein, denn am Häuschen wurde nichts mehr gerichtet, und mancher Fensterladen wäre von der Wand gefallen, wenn nicht das grüne Geranke ihn festgehalten hätte. Ihre Kleidung wurde immer sonderbarer und ärmlicher, im Winter sah man sie manchmal in Trainingshosen und einem zipfligen Mantel im Garten herumhuschen. Daß die wenigen Einkäufe, die sie im Städtchen machte, ihren Bedarf deckten, konnte sich niemand vorstellen. Hin und wieder sah man sie auf der Landstraße außerhalb der Stadt als einsame Fußgängerin. Bahn oder Omnibus benützte sie nie.

Ende der siebziger Jahre, da war die Gertrud so ungefähr 65 und ihr Vater schon acht Jahre tot, ergab sich für den Bürgermeister, den Hermann Schulz, die Notwendigkeit, bei ihr anzufragen, ob sie nicht bereit wäre, einen Streifen am hintersten Ende ihres großen Grundstücks, das damals schon arg mit Sträuchern und Unkraut verwildert war, abzutreten, weil der Turn- und Sportverein dort gerne zu seinem angrenzenden Sportplatz ein Geräte- und Umkleidehäuschen mit Clubraum errichtet hätte. Viele junge Leute wären bereit gewesen, in freiwilligen Arbeitsstunden das Vorhaben auszuführen.

Die Käppeles-Gertrud lehnte schroff ab; ein Verkauf käme nicht in Frage, sagte sie, und es sei empörend, überhaupt an sie solch ein Ansinnen zu stellen, bloß weil sie schutzlos und im Haus kein Mann sei.

Nun, da war zunächst nichts zu machen. Der Sportplatzausbau unterblieb; ein paar enttäuschte Fußballer brachten der Gertrud in mondloser

Nacht ein Gesangsständchen, kamen aber mit ihrem Potpourri bloß bis zum »*Du, du liegst mir am Herzen*«, als ihr Schlafzimmerfenster aufging und ein Schwall Nachtgeschirrinhalt in Richtung der Sänger geschleudert wurde, daß sie lachend flüchteten, unerkannt und unerwischt.

Diese »nächtliche Belästigung« machte die Käppeles-Gertrud zum Gegenstand eines Leserbriefs in der Zeitung, verschwieg dabei die von ihr ergriffene Gegenmaßnahme und spickte dafür ihre Klage mit Vorwürfen gegen die Stadtverwaltung, die gegen solch verwerfliches Tun nichts unternehme, ja wahrscheinlich sogar dazu anstifte, zumal der Bürgermeister als aktiver Sportvereinler für seine Vorlieben bekannt sei.

Der Bürgermeister verfaßte eine Erwiderung, weil er das nicht auf sich sitzen lassen konnte; und damit fing ein richtiggehender Leserbriefkrieg an, sicher zum Vergnügen vieler Zeitungsleser. Irgendwie hatte die Käppeles-Gertrud Gefallen gefunden an dieser Art Auseinandersetzung.

»Se frait sich halt, daß se au amòl druckt wird«, hieß es, denn kaum hatte das Rathaus einen Angriff abgewehrt, wechselte sie das Thema und kam mit neuer Beschwerde.

Immer wieder fand sie einen anderen Vorwand, um sogenannte Mißstände anzuprangern; einmal war es die miserable Straßenbeleuchtung, dann wieder Lärmbelästigung vom Sportplatz oder von spät heimkehrenden Festteilnehmern, oder sie klagte über rücksichtslose Schneeräumung, durch welche sie zwei Tage von der Außenwelt abgeschnitten und eingesperrt gewesen und beinahe verhungert sei. Bei der Nachprüfung stellte sich heraus, daß tatsächlich der Schneepflug einen hohen Wall entlang ihrem Grundstück aufgeschüttet hatte und daß es ihr dadurch unmöglich war, das Gartentürchen aufzumachen, weil dieses nämlich nicht nach innen, sondern nach der Straße zu aufging.

Klar, daß dem Bürgermeister das öffentlich-gemachte Gequengel und Hin und Her auf die Nerven ging. Zornig knallte er einmal morgens die Zeitung auf seinen Schreibtisch:

»Als ob man sonst keine Arbeit hätte, als der spinnigen Wachtel Antwort zu geben! Und jetzt kommt sie schon wieder mit einem Bibelzitat: Sprüche Salomos, Kap. 29, Vers 8.«

Im Rathaus gab's keine Bibel, also mußten sie daheim in der eigenen nachschauen, und am anderen Tag wußten sie es dann, und sicher viele Zeitungsleser auch, die sich neugierig ebenfalls kundig gemacht hatten. Der genannte Vers lautet: *Die Spötter bringen frech eine Stadt in Aufruhr, aber die Weisen stillen den Zorn*. Der Bürgermeister knurrte:

»Ich wüßte dem Frauenzimmer schon auch einen

Spruch, aber keinen vom Salomo, eher vom Goethe oder genauer vom Götz.« Später sagte er: »Annelies, so geht das nicht weiter. Wir werden ja zum Gespött. Laß dir was einfallen!«

Die Annelies erzählte es ihrer Mutter, und die erinnerte sich daran, wie der alte Bäcker Huck, der Walter, wie der mit einem ähnlichen Problem fertig geworden war. Der hatte eine mißgünstige Nachbarin, die immer wieder herüberschimpfte und ihn sogar anzeigte, etwa wegen rußiger Rauchentwicklung aus dem Kamin oder wegen Grenzverletzung oder weil des Bäckers Katzenvieh – »wie wenn es abgerichtet wäre« – regelmäßig sein Geschäft in ihrem Gemüsegarten machte. Einmal versuchte sie sogar, der Bäckerei einen Gehilfen abspenstig zu machen, um ihn zu einem auswärtigen Verwandten zu vermitteln. Dieser Giftnudel hat dann der Meister, als ihm schließlich ihre Unarten zu lästig wurden, zum Namenstag eine Prachtstorte geschickt mit einem Glückwunschkärtchen und der höflichen Bitte, dies als kleine Entschädigung dafür anzusehen, daß er ihr mit seinem Gewerbe – natürlich ungewollt – mancherlei Unbill verursache. Von Stund an war die Nachbarin die Freundlichkeit selber, und die Schikanen hörten auf.

Die Bosheit umarmen, statt sie zu ohrfeigen! Ob das bei der Käppeles-Gertrud auch hülfe? Man

müßte es auf einen Versuch ankommen lassen. Bloß wie und wann? Blumenstrauß und Freßkorb, meinte die Annelies, möglichst vom Bürgermeister überbracht. Der schüttelte sich. Die Annelies meinte, das sei wie im Märchen, wo die Prinzessin den Frosch hatte küssen müssen… Das hat der auch nicht gepaßt. Und ist so gut ausgegangen! Der Bürgermeister meinte:
»Ohne besonderen Anlaß machen wir nix. Warten wir ab, bis sich eine passende Gelegenheit ergibt.«
Eine solche bot sich bald. An einem kalten Wintermorgen fegten Buben auf ihrem Schulweg mit Stiefeln und Fäustlingen den städtischen Streusplit von einer langen gefrorenen Straßenpfütze, um eine glatte Schleifbahn zu bekommen, die sie ordentlich polierten, indem sie etliche Male darauf entlangschlitterten, auch auf dem Hosenboden, gerade vor Käppeles-Gertruds Grundstück.
Später, als die Kinder längst fort waren, fiel ein bißchen Schnee und deckte die eisige Gefahr zu. Käppeles-Gertrud kam mit ihrer Einkaufstasche heraus, tappte auf die verborgene Schleife, rutschte und setzte sich, daß es bloß so schepperte. Eine benachbarte Rentnerin, die von morgens bis abends an ihrem Fenster sitzt, nicht mehr gehen kann, aber alles sieht, hatte die Entstehung der Schleife und den Sturz der Gertrud beobachtet.

Die Käppeles-Gertrud blieb sitzen, bis Hilfe kam. Zum Glück war darunter gleich eine Sachkundige, die Schwester Margret von der ambulanten Krankenpflege. Die Gertrud wurde aufgehoben und ins Haus geführt. Die Schwester, selber eine halbe Doktorin, die fest zupacken kann und in ihrer Wortwahl nicht zimperlich ist, verarztete und versorgte die Käppeles-Gertrud in den darauffolgenden Tagen und gab reihum Bescheid. Gebrochen sei wohl nichts, bloß verstaucht und geprellt. Wo, das kann man sich denken, wenn das Sitzen Beschwerden macht. Und wenn tatsächlich am Steiß was angeknackst sein sollte, dann wird sich's verknorpeln, es brauche halt Zeit. Aber, meinte die Schwester, wenn das Fräulein Seidenfuß ihr »Fiedle« auch nicht im Gips habe, könnten die Gniddringer sich doch in Christenpflicht üben, sie besuchen und ihr was Gutes tun.

Das geschah dann auch in reichem Maße, wobei anzunehmen ist, daß viele weniger aus Nächstenliebe handelten, als vielmehr aus Neugier die Gelegenheit wahrnahmen, einmal in das Seidenfuß-Häuschen einzudringen.

»An Haufe Bilder hot se romhänga, scheint's von ihrem Vaddr«, raunte die Riegin, »lauter nackete Weiber!«

Die Käppeles-Gertrud wurde mit einer Welle von Eiern, Wurst, Fruchtsaft, Gugelhupfstücken und

Anteilnahme überspült. Nach anfänglicher schwacher Abwehr gefiel ihr diese plötzliche Zuwendung von allen Seiten so sehr, daß sie sich mit dem Gesundwerden ganz schön Zeit ließ. Während die Hilfsaktion noch in vollem Gang war, sagte die Annelies zu ihrem Chef:

»Jetz müßte mr was mache!«

Der Bürgermeister brummte:

»Also, mach was. Kaufsch a Alpenveilchen, machsch an Bsuech ond sagsch an schöna Grueß!«

Wie die Annelies den Auftrag ausführte, erzählte sie nicht genau, aber soviel ist gewiß, daß sie mehr tat und sagte, als befohlen: Daß der Bürgermeister gern wieder Frieden hätte mit dem Fräulein Seidenfuß, daß der eigentliche Anlaß des Zerwürfnisses, nämlich die Sportplatzerweiterung, halt so ein Gedanke gewesen sei, den man inzwischen fallengelassen hätte, daß die ganze Streiterei auf einem Mißverständnis beruhe, daß der Bürgermeister deswegen oft nicht schlafen könne, (was natürlich eine eigenmächtig hinzugefügte Übertreibung war).

Das alles muß das Fräulein Seidenfuß so befriedigt und besänftigt haben, daß sie recht gnädig sagte, sie werde sich's überlegen, ob sie der Stadt das hintere Gartenstück gelegentlich abtreten wolle. Sie könnte das sogar unentgeltlich tun, sie sei nämlich nicht arm.

Und so ging es aus: Die Käppeles-Gertrud erholte sich von dem Sturz. Sie war danach zugänglicher, ließ sich grüßen und grüßte wieder. Sie schrieb keine bösen Leserbriefe mehr. Viele Leute sagten: »Schade!«

Ihr zerrüttetes Verhältnis zum Rathaus hatte sich sozusagen schmerzfrei verknorpelt wie ihr eventuell angeknackster Steiß, genau wie die Schwester Margret es für denselben prophezeit hatte.

Vielleicht war daran auch der Hund schuld, den sie auf Anraten eben der Schwester Margret aus dem Tierheim zu sich nahm, einen ulkigen langhaarigen Mischling, halbhoch, schwarz mit braunem Brustfleck, einem stehenden und einem hängenden Ohr und treuherzigem Geschau. Schnell wurde er zum kläffenden Wächter des Seidenfuß-Grundstücks.

Die brauche doch so was, sagte die erfahrene Schwester, einen Geh-her-da zum Füttern, zum An-der-Leine-Führen, zum Ansprechen, zum Streicheln und vor allem etwas, was dankbar mit dem Schwanz wedelt. Das kann bloß ein Hund.

Hanne Hefele

Eins von den stattlichsten Häusern am Marktplatz ist das Hefele-Haus mit der Sparkassenzweigstelle drin. Da hatte bis zu ihrem Tod die Inhaberin, Witwe Luise Hefele, ein gutgehendes Geschäft für Betten, Aussteuerwaren und Stoffe geführt. Ihre einzige Tochter Hanne, geistig beschränkt, hat man, nach dem Wunsch der Mutter, ins angebaute Hinterhaus umgesiedelt, das einen eigenen Eingang und ein Vorgärtchen zur Kirchgasse hin hat. Da lebt sie allein in der ebenerdigen Zweizimmerwohnung mit Küche, Klo und Kämmerchen.

Sie ist eine reiche Erbin, wie reich, das weiß sie gar nicht. Zu ihrem Vormund und Vermögensverwalter hat die Mutter den Sparkassenangestellten Karl Kurz bestimmt. Als älterer Vetter der Hanne sind er und seine Nachkommen gesetzliche Drittelerben nach Hannes Ableben.

Der Karl Kurz ist sehr bemüht, daß die Hanne hat, was sie braucht; eine Fürsorgerin kommt einmal in der Woche und sorgt samt Putzhilfe dafür, daß die Hanne und ihr Single-Haushalt nicht verlottern.

Das ist notwendig. Die Hanne kennt weder Uhr noch Geld, will auf keinen Fall in ein Heim, nein, nein, nein. Und der Verwandtschaft ist es recht, das täte viel kosten und könnte das schöne Vermögen arg schmelzen lassen oder gar auffressen, je nachdem wie alt die Hanne wird. Als die Mutter starb, 1963, war sie neununddreißig.

Im Kämmerchen mit Wasseranschluß und -ablauf steht neben Regalen, Putzmaterial, Staubsauger, Sitzbadewanne auch die Waschmaschine. Diese, nachdem sie von der Fürsorgerin beschickt und programmiert ist, darf die Hanne durch Knopfdruck in Gang setzen, was ihr große Befriedigung verschafft. Dann setzt sie sich davor auf einen Schemel und schaut den Vorgängen zu: wie sich das da drinnen dreht, links rum, rechts rum, wie das Wasser steigt, wie es schäumt, wie es dann rumpelt und saust und stillsteht und nochmal anläuft und wirbelt und zuletzt klack macht. Aus.

Sie haben der Hanne die Zöpfe abschneiden müssen, die ihr die Mutter jeden Tag geflochten und zu einem Knoten gesteckt hatte. Jetzt hat sie einen Bubikopf und Stirnfransen. Das steht ihr gut. Überhaupt ist sie ein hübsches Ding, mit hellblauen Augensternen, glatten, rosigen Bäckchen, fast wie die Maria Schell, und ein bißchen mollig.

Sie geht fleißig in die Kirche und in jede Rosenkranzandacht. Da betet sie laut mit. Rosenkranz – das kann sie. Sie kann auch Kartoffeln kochen und

Kaffee machen, solche Sachen hat ihr die Mutter beigebracht. Wenn man sie fragt:
»Hanne, was gibt's heut bei dir?« sagt sie fast immer:
»Grombiera ond Leberkäs« oder »Wecka ond Leberkäs« oder »Kraut ond Leberkäs«.
Einkäufe macht sie gern und täglich. Sie kriegt ja jede Woche Kost- und Taschengeld zugeteilt. Dann holt sie sich Katzenfutter, Päcklessuppe, Obst, Brot, Milch, Wurst, legt vertrauensvoll den Geldbeutel hin:
»Nemm's raus, i hab' mei Brill net drbei.«
Sie hat einen wohlgenährten, roten Kater und die schönsten Geranien auf den Fensterbrettern weit und breit. Eine Lieblingsbeschäftigung von ihr ist aus dem offenen Fenster »Spazierengucken«. Jeden, der draußen vorbeigeht, grüßt sie; fast jeder ruft ihr was Nettes zu. Sie wirkt immer zufrieden und vergnügt. Man kennt sie und mag sie. Sie ist ohne Arg. Solange sie weder sich noch andere gefährdet, braucht sie nicht nach Schussenried.

Aber eines Tags ist alles anders. Es heißt, die Hanne kriegt nächtens Männerbesuch, zwei, drei auf einmal. Die Riegin, Nachbarin links, weiß auch Namen, nicht umsonst legte sie sich stundenlang auf die Lauer. Der eine ist auf jeden Fall der Elektro-Schorsch, den erkannte sie an seiner Glatze, die glänzte, als das Licht der Straßenlaterne drauffiel. Und der andre ist der »Büeble« vom Postamt. Alles verheiratete Männer um die fünfzig herum, die Saubären. Und da soll noch ein dritter mit von der Partie sein, aber den kriegt man partout nicht heraus, weder während der amtlichen Untersuchung noch später. Wer weiß, wieviel und wem alles der dafür gezahlt hat!

Die Riegin, Nachbarin links, hatte den Vormund gedrängt, daß da »was geschieht und die Sauerei aufhört«.

Also kommt es zur Befragung, Vernehmung und Zeugenanhörung durch einen Herrn vom Vormundschaftsgericht. Dabei stellt sich heraus: Bei der Hanne haben Anfang Juni einmal um Mitternacht herum zwei Männer oder drei »gefensterlt«, das heißt, sie stiegen in die Stube, was ohne Leiter möglich ist. Das Fenster ist nur angelehnt gewesen »wegen der Katz«. Dann habe man von drinnen Stimmen, Lachen und Glasgeschepper gehört, wie aus einer Wirtschaft, über eine Stunde lang, und am andern Morgen sind drei leere Bierflaschen vor Hannes Haustür herumgehurgelt. Danach sind die nächtlichen Besucher immer wieder gekommen, jedesmal donnerstags, und nicht durchs Fenster, sondern durch die Tür, die ihnen die Hanne scheint's aufgemacht hat. Ganz bestimmt haben die das Mädle zum Alkoholgenuß verführt und

womöglich zu anderem, noch schlimmerem…
weil, man habe doch ihre »Luschtschraie« hören
können, sagt die Riegin.
Die Anhörung der »betroffenen« Hanne ist dann
mehr erheiternd als erhellend. Auf die Frage, ob
sie unter den Anwesenden die nächtlichen Besu-
cher erkenne, nickt sie und zeigt:
»Ja, der ond der.«
Ob es immer die gleichen waren, die nachts zu ihr
kamen?
Sie nickt.
Ob auch andere kamen?
Sie nickt: »Manchmol.«
Ob es dann drei waren oder mehr?
Hanne schaut hilflos. Jemand meint:
»Soweit kann se doch net zähla!«
Auf die Frage, was die Männer denn gemacht
hätten, sagt die Hanne:
»Gaude halt.«
Ob es zum Beischlaf gekommen sei?
Hanne: »Noi, gschlòfa hen se net.«
Ein Zeuge raunt dem Befrager zu: »Mit der müs-
set Se normal schwätza, sonsch verstoht se's net.«
Auf die Frage, ob die Männer ihr Gewalt angetan
hätten, schüttelt Hanne den Kopf. Aber man habe
sie schreien hören. Hanne:
»Weil i doch so kitzlig ben. Iberall.«
Auch die Frage, ob sie sich geschädigt fühle, ob sie

einen Schaden gehabt habe durch die Männer, führt nicht weiter. Schaden? Hanne nickt zögernd: Ja, schon, zwei Blumentöpfe seien kaputt, hinuntergefallen, als sie einstiegen. Die Beklagten befragt, warum sie das gemacht hatten, behaupten einstimmig beide das Tupfengleiche, sie seien beim Nachhauseweg vorbeigekommen, hätten gesehen, daß bei der Hanne noch der Fernseher lief, hätten durchs Fenster geschaut und gesehen, daß die Hanne »wie tot im Sofaeck gestrackt« sei, das heißt halb gelegen, halb gesessen. Da seien sie voll Sorge eingestiegen. Sie war aber nur eingeschlafen gewesen. Da sie beim Aufwecken doch arg erschrocken sei, wären sie halt noch ein bißchen geblieben, um sie zu beruhigen und um ihr Gesellschaft zu leisten. Als sie schließlich heimgingen, habe die Hanne gesagt: »Kommet doch amol wieder!« Und das hätten sie gemacht, sonst nichts. Mehr ist nicht zu ermitteln.

Zu dürftig sind die Beschwerden begründet, als daß es zu einem weiteren Verfahren kommen könnte, was nicht heißt, daß es keine Folgen gäbe und Fragen auch.

Straflos kommen die namentlich bekanntgewordenen »Übeltäter« ohnedies nicht davon, dafür sorgen schon daheim die erbosten Ehehälften, besonders die schlagkräftige vom Schorsch. Sie nehmen auf jeden Fall Donnerstag nachts nach dem

Binokeln ihren Heimweg nicht mehr durch die Kirchgasse. Und Hanne, *wenn* sie wartet, wartet vergebens.

Und immer wieder die Fragen:

Haben sie dem Mädle die Unschuld geraubt oder nicht?

Haben sie Lüste geweckt, Wollüste gar, was noch verwerflicher wäre?

Und bitte, wer war der dritte Mann? Dem und jenem könnte man es schon zutrauen.

Und woher weiß denn die Riegin, was ein Lustschrei ist?

Ingeborgs Tagebuch

Wollte heute die Riegin kennenlernen, Nachbarin links von der Hefele Hanne. Die mit dem »Luscht-schrai«. Sagte mein Sprüchlein.

Die Riegin, Mitte Sechzig, vollschlank, graumeliert, äußerlich ein Typ wie die Flickenschild, führt mich ins sogenannte Wohnzimmer, das aber offenbar nicht bewohnt wird. Kein Stäubchen. Wie neu aus dem Möbelkatalog der sechziger Jahre, Kunstblumengesteck auf dem Couchtisch. Sie fragt: »Sie sen aber net verheiratet«

»Nein.«

»Sen Se no a Jongfer?«

Ich – stumm. Mir bleibt die Spucke weg.

Sie: »Also nemme. Nò hen Se an Freind?«

»Freundschaften, mehrere.«

»Aha, nex Feschts.« Das sei auch besser, meint sie, wenn man noch studiert, das lenkt bloß ab. Aber die meisten Weiber wollen heute alles auf einmal: Studium, Beruf, Liebe, auch ohne Trauschein, und keine Zucht und Ordnung mehr. Dementsprechend sieht's auch aus in unsrer Welt. Wer hält sich denn noch an die Gebote, höchstens die Alten.

Sie hat nie sowas geduldet in ihrem Haus. Hat immer Zimmerherrn gehabt. Das war das Hausfrauen-Einkommen früher. In den fünfziger Jahren 35 Mark monatlich mit Frühstück und Schuhputzen, Heizung war nicht möglich, aber Familienanschluß in der Wohnküche. Damenbesuch höchstens bis neun Uhr oder lieber gar nicht. Kein Bad damals. Auf der Kommode ein Waschlavor mit Wasserkrug, daneben Eimer zum Ausleeren. Man hat sich früher nicht so viel gewaschen und geduscht. Ist auch gesünder, meint sie. Die schrubben ja dauernd ihre Schutzschichten ab und müssen sich dann wieder einschmieren und trotzdem viel mehr zum Hautarzt rennen. Hat nur anständige Leute genommen, einen Notariatspraktikanten, hintereinander ein paar Junglehrer.

Ob sie immer noch vermietet? – Ja, aber jetzt teilmöbliert, mit Kochnische und Dusche. Heute tun sie es doch nicht mehr anders. Schon Lehrlinge ziehen von daheim aus und wollen ein Apartment. Vierhundert Mark monatlich, kalt. Zur Zeit ist es ein Automechaniker, und *sie* schafft in der Drogerie. Also ein Ehepaar?

Nein, noch nicht verheiratet. Aber sie haben ihr eigenes Bettzeug. »Meins krieget se net. Des bleibt sauber!«

Es ist halt was Arges mit der Moral heutzutag, meint sie. Wo's früher zu eng war, ist's heute zu

weit. Man braucht ja bloß die Standesamtsmeldun-
gen in der Zeitung lesen, Geburten und Hochzei-
ten. Da zählt sie nach: Von zwölf Kindern haben
vier einen ausländischen Namen und drei keinen
Vater, und von elf Pärchen, die sich trauen lassen,
haben acht schon vorher die gleiche Adresse! Und
das wird hofrecht angegeben! Bloß die Scheidun-
gen, die bringen sie nicht.

Neulich habe es in ihrer Verwandtschaft eine
große Hochzeit gegeben, aber ökumenisch, und
das Brautpaar sei mit der Pferdechaise in die Kirche gefahren. Bei den zweien, meint sie, kommt
schon was zusammen, und so eine Ehe, die hält
eher. Wenn auch die Lieb einmal vergeht, »s' Sach
hebt's zamme«. Die Braut, ganz in weiß natürlich,
habe obenherum nicht viel gehabt, unten schon.
Also, ihr habe es nicht gefallen, so arg ausgeschnit-
ten. Und ihr Philipp habe immer schon gesagt: der
Blick ins Gräbele ist oft reizvoller als aufs nackte
Gebirge. So lüftig hätten sie früher nicht in die Kirche hinein dürfen. Aber heut muß man ja froh
sein, wenn sie überhaupt noch kommen.

Der junge Mann habe ihr ein wenig leid getan. O
je, habe sie gedacht, weil – die Braut hat einen
Schonkaffee getrunken, dann weiß man ja schon
alles…

Als ich schließlich meinen Notizblock einpacke
und mich verabschieden will, sagt die Riegin: Der

Herr Doktor Scheuermann, kommt er immer fleißig zur Annelies? Er lebt ja ganz auf – seither! Und sie fügt hinzu: »Ha ja, warom au net ond en dem Alder…«

Dann sagt sie, viele wundern sich überhaupt, daß Henle-Schreiners Annelies ledig geblieben ist. So ein nettes Mädle, auch heute noch, und ein Figürle »wie drexlt«, und wenn's Gestell, das heißt die Füß, in Ordnung sind wie bei der Annelies, dann ist's ein guter Schlag, das sei bei »de Mädle wia bei de Gäul«, habe immer der Schmied Kuhn gesagt. Und sowas bleibt ledig! Ist das nicht schad?

Ledig

Ledig geblieben. Warum schade? sagt später die Annelies. Schade für wen? Ja, es hat schon Zeiten in ihrem Leben gegeben, da hat sie ans Heiraten gedacht, aber nicht auf Teufel komm raus, und Kinder haben wollen, zwei. – Ihre beste Freundin seit der Schule, die Hirschwirts-Hedwig, hat sie getröstet: Guck doch reihum, was aus den herzigen Dergeln für Plagen werden können, was sie einem für Sorgen machen! Die haben noch den Ring vom Hafen am Hintern, da nehmen die sich schon Freiheiten heraus, die hätten wir uns mit dreißig noch nicht getraut! Auf den Kopf scheißen täten sie einem, wenn man sie ließe. Stell dir vor, du hättest vielleicht auch einen Buben, der nichts kennt als sein Radio, seinen Plattenspieler und Rock und Beat, und wie die Krachmusiken alle heißen, und nichts lieber tut, als an seinem Motorrad herummachen und durch die Gegend rasen, einer, der nächtelang fortbleibt, daß man nicht schlafen kann vor Angst, bis endlich der Teufelskarren in die Garage reinknattert; oder du hättest vielleicht einen, der nicht weiß, was er werden will, und Vater wird, eh er was Ordentliches gelernt hat, oder du hättest eine Tochter, die einen Freund daherbringt mit

Zottelhaar und einem Aufzug, daß du dich fragst, ob es der vor gar nichts graust!

Verehrer. An Verehrern hätte es nicht gefehlt, sagt die Annelies, aber halt nie so ganz das richtige und oft mit Komplikationen. Und die Mama ist nicht bloß einmal dazwischengestanden: »Du wirst mir doch das nicht antun, den Bürgermeister, einen Evangelischen!« Später, als der Schwager Rudi sich mit der Ahnenforschung befaßte, hat man festgestellt, daß in der Familie schon oft von einer Konfession in die andere »rum- und numgeheiratet« worden war, daß es sich letztlich wieder aufhob und es auf eine Mischehe mehr auch nicht angekommen wäre. Andrerseits, wenn die Mama einmal einen gern gesehen hätte als Schwiegersohn, wie damals den Apotheker oder den Manfred, Juniorchef und Erbe vom Baugeschäft Vogel, dann hat es der Annelies grad mit Fleiß und überhaupt nicht gepaßt.

Annelieses Schwester Hilde, mit Rudi Geiger, dem Rektor, verheiratet, drei Kinder, die sagte oft ganz neidisch:

»Du hast's gut, kaum Hausarbeit, die Mama macht alles, immer schick daherkommen, schon wieder was Neues vom Mode-Maier, wo's nicht billig ist, und Reisen machen. Wo du überall herumgondelst: Südtirol, Rom, Normandie, Genfer See, Kreuzfahrt im Mittelmeer, jedes Jahr woanders und zwischendurch mal nach München, mal nach Salzburg. Und wir? Ewig das Gleiche: ins Allgäu, weil's schön und preisgünstig ist, dem Rudi, dem Knicker, sein ein und alles.«

Wie sagte doch G. B. Shaw, der alte Spötter: *Die Ehe ist wie eine belagerte Festung. Die draußen sind, möchten mit aller Gewalt hinein, und die drinnen sind, möchten partout heraus.*

Frei und ledig. Gut und schön. Und wo bleibt die Liebe?

»Ach«, sagt die Annelies. Das gab's auch, samt Heimlichkeiten, schmerzlichen Erfahrungen, herbsüßen und bitterbösen. Und ein Kind hab' ich am Schluß doch noch gehabt, die Mama.«

Die Mama war, bis sie Mitte Achtzig wurde, körperlich und geistig ganz in Ordnung. Die Zierlichen, sagt man ja, sind oft die zähesten. Aber dann, nach einem Sturz und Beinbruch und langem Krankenhausaufenthalt war sie verdreht und verändert, und es wurde immer ärger. Da müssen etliche Schaltstellen im Gehirn ausgefallen sein. Nicht bloß, daß sie Namen, Dinge, Geschehnisse vergaß und verwechselte, sie wurde gefräßig, humpelte in die Nachbarschaft und sagte:

»Hab' heut no nix 'kriegt und hab' so an Hunger!«

Da war es gut, daß Annelies rechtzeitig in den vorgezogenen Ruhestand gegangen ist, obwohl der Bürgermeister arg jammerte:

»Hättest du nicht noch ein Jahr bleiben können, bis ich auch aufhöre? Was tu ich ohne meine rechte Hand?«

Nein, nein, die Mama konnte man nicht mehr alleinlassen. Zu Besorgungen in der Stadt hat Annelies sie, wenn möglich, im Auto mitgenommen und ist mit ihr manchmal ins Markt-Café gegangen. Da ist es dann einmal passiert, als sie eine alte Bekannte trafen, mit der es ein lebhaftes Schwätzle gab, daß sie gar nicht merkten, wie die Mama derweil ihre Torte ganz schnell verdrückte und Annelieses Apfelkuchen auch, samt Sahnehäubchen. Ein älteres Paar am Nebentisch hatte es amüsiert beobachtet.

»Schauen Sie nur in Ihre Handtasche«, sagte der Herr. »Da hat sie was verschwinden lassen.« Es waren zwei Kaffeelöffel und eine Kuchengabel.

»Aber Mamale«, sagte Annelies, »des darf ma doch net!«

Das Mamale guckte beleidigt: »Isch doch für d'Aussteuer!«

Oft blieb sie liegen und sagte: »Es geht zu End«, und wollte versehen werden. Und eines Morgens: »I kann nemme. I will nemme. Dr Herr Pfarrer soll komma!«

Der Herr Pfarrer kam und der Doktor auch. Danach lag sie zufrieden und matt in den Kissen, nahm nichts zu sich, nur ein bißchen Saft und schlief, trockengelegt und frisch gebettet in den Abend hinein. Mitten in der Nacht schreckte die Annelies auf. Nebenan rumpelte es, und dann stand die Mama im Nachthemd in der Tür. Ohne Hilfe, ohne Stock, war sie aufgestanden und sagte: »Heit kommt doch dr Kulenkampf. Den möcht i scho sehe!«

»Manchmal«, sagt die Annelies, »hat sie mich mit meiner Schwester verwechselt, die selten genug hereinschaute. ›Ach, Hildele, du gucksch noch mir. Du bisch mr halt de Liebscht!‹ Und wie ich einmal sagte: ›Hasch aber die Annelies. Die sorgt doch guet für dich, oder?‹ hat sie ziemlich geringschätzig gemeint: ›Och, es duet's!‹ – Eigentlich wäre es zum Lachen gewesen, aber ich habe heulen müssen.

Pflege und Arbeit hätten mir nichts ausgemacht, aber das hat geschlaucht, daß die Mama nicht mehr sie selber war.«

Die alten Baders

Zuerst schuf der liebe Gott den Mann,
dann schuf er die Frau.
Daraufhin tat ihm der Mann leid,
und er gab ihm den Tabak.

Mark Twain

Die Mathilde Bader ist ein herzensgutes Weib, backt und kocht prima, ist arg gastfreundlich und freigiebig, aber nimmt's mit der Hygiene nicht so genau. Die Annelies kann beim besten Willen nichts mehr von und bei ihr essen, seit sie dabei war, wie die Mathild ihrem Mann, dem Bader-Opa, die Glatze mit Ringelblumensalbe einschmierte, die Hände am Spüllumpen abwischte und dann den schön aufgegangenen Hefeteig hinunterdätschte und durchknetete. Dabei hat sie erklärt:

»Er (der Opa) hot halt emmer so an Grind am Kopf. Ond Hämmorrida hot'r au. Dò drfir hemmer aber a andra Salb ond müeßet emmer aufbassa, daß mrs net verwexlet.«

Seit der Opa das Schlägle gehabt hat, macht die rechte Hand nicht mehr richtig mit, und er tut sich bei vielem schwer. So muß die Mathild ihn auch jeden Morgen rasieren mit dem elektrischen Rasierapparat. Er selber meint zwar, »des sei doch net needig, ond oimòl en dr Woch däd'm langa.« Aber die Mathild sagt:

85

»Nex dò. Dädsch bald ausseha wia a versoffener Penner oder wia der Tennisspieler, der bekannte, oder gar wia dr Arafat. So a wüeschter Grabb willsch doch net sei, oder?« Und dann läßt er's halt geschehen.

»Er braucht halt ebber wia mi«, sagt die Mathild, »wo em sei frischa Wäsch na'richtet ond guckt, daß'r seine Pilla nemmt, ond wo am Sonndich a Flädlesupp macht. Wer secht'm, wia onser Stroß hoißt, wenn'r nachts aufwacht ond hots vergessa? Wer kauft'm sein Dabak ond butzt'm seine Pfeifa? Er sott halt mit dera stenkiga Raucherei aufheera. Ehm selber macht's scheint's nex mit seine iber achzig. Aber mir! Ond mir isch halt au om meine Vorhäng.«

Außer dem Rauchen hat der Paul Bader noch eine andere Leidenschaft, das Karteln. Er braucht seinen Binokel. Ohne Binokel geht er abends nicht ins Bett. Und mit wem kann er's machen, mindestens auf dreitausend? Mit ihr halt, der Mathild.

Weil er nur mehr die eine Hand gebrauchen kann, haben sie einen »Kartenständer« ausgetüftelt. Das ist ein Zigarrenkistchen mit aufgestelltem Deckel. Drin liegt eine Kleiderbürste, die Borsten nach oben, und diese halten ihm die Karten.

Die Mathild Bader trägt ihr Päckle ergeben, und obwohl ihr die Knie immer so arg weh tun und man doch nichts mehr machen kann an den alten

Knochen und sie oft die Stiege beinah nicht hinunterkommt und sie manchmal denkt: Oh, wenn dia Plògerei no endlich rom wär! weiß sie: »I derf no et sterba. Was dädeds denn mit mei'm Paul? Der wär arg ibrig.«

Die Schwiegertöchter sind schon recht; die, die ihn noch am ehesten nehmen könnte, die hat keinen Platz, und die andre hat Platz, aber keine Zeit.

Und zum Binokeln schon gar nicht.

Knappes Geld

»Sie hen jo koi Ahnong, Frailein, wie knapp des friher gwesa isch mit'm Geld!« sagt die Paula Kurz, zweiundsiebzig.

Sie wählt immer CDU, egal ob ihr die Kandidatenköpfe passen oder nicht.

»Die sen schuld, daß mr a a'ständiga Rente krieget.«

Die Kurzens haben jetzt im Alter mehr zum Leben, als sie hatten, als der Mann noch beim Vogel schaffte. Vogel, das war damals halt ein Maurergeschäft, eine Arbeit mit Kelle, Schaufel und Schubkarren. Heute ist's ein Bauunternehmen, mein Lieber, mit einem Dutzend Baggern und Kranen und Sprechfunk.

Ganz arg waren die Zwangspausen im Winter, wo es noch kein Schlechtwetter-, nur das bißchen Stempelgeld vom Arbeitsamt gab. Daß Weihnachten auch immer in die notigste Zeit fallen mußte! Fünf Kinder. Bis man für die bloß immer Schuh und Kittel und Hosen hergeschafft hat!

Hunger haben sie nicht leiden müssen, das nicht, weil sie im gepachteten Krautacker am Gaulbach Kartoffeln und Rüben zogen und immer Hasen im Stall hatten. Trotzdem hat's Geld manchen Monat nicht gereicht, und man hat beim Bäcker und im Lebensmittelladen anschreiben lassen müssen.

Ende der fünfziger Jahre, wie es dann Arbeit genug und mehr Lohn gab, und die zwei Ältesten schon in der Lehre waren, haben sie das Selberbauen gewagt. In der Mühlfeldsiedlung. Ein Doppelhaus zusammen mit einem Kollegen vom Bau. Nie mehr ein Doppelhaus! Einen Doppelwecken ja, den teilt man und ißt man, dann hat sich's. Die Trennwand war so dünn, daß sie den Nachbarn schnarchen hörten, und der sie wahrscheinlich auch. Und wer hätte denn zu der Zeit gedacht, daß Leute wie sie sich einmal ein Auto leisten könnten und eine Garage bräuchten! – Drei Winter lang ist sie damals nicht in die Sonntagsmesse gekommen. Der Herr wird's ihr verziehen haben.

»Lieber Gott«, hat sie zu ihm gesagt, »mit oim Mantel zom Milchhola ond in d'Kirch ganga, des ka'sch net verlanga!«

Und womöglich der besserbetuchten Schwägerin begegnen müssen, die einen immer mit so einem hoffärtigen »Ätschblick« anschaute aus ihrem gelben Fuchspelzkragen heraus!

Kaum war man aus dem Gröbsten, hat man den Jungen geholfen zum Bauen. Alle haben mittlerweile ihr Eigenheim, aber wie nobel! Da sind die Treppen aus Marmor, nicht von Carrara, halt schwäbischer von Treuchtlingen. Und eine Doppelgarage hat man und eine Kellerbar und einen offenen Kamin im Wohnzimmer; fehlt bloß noch der Butler, habe der Bürgermeister einmal gespöttelt.

»Wißt' Se, Frailein, onserois hot älles kennaglernt: vor'm Krieg net gnueg Geld, em Krieg ond drnoch Honger ond Geld scho, aber ohne Wert, nochher guets Geld, aber knapp, ond jetz em Alder erscht lebet mr kommod ond bleibt jeden Monat sogar no was ibrig!« Ganz wohl ist ihr nicht, wenn sie an die vom Wohlstand verwöhnten Kinder denkt. »Was machet dia, wenn's amol hendersche goht?« Letztes Jahr ist ihr alter Zwetschgenbaum schier zusammengekracht, so viel hat er getragen. Sie haben den Segen gebrockt, geschüttelt und aufgeklaubt, Gsälz, Kompott und Mus gemacht, sie haben ausgesteint, in Säckchen gepackt und eingefroren, und war immer noch kein Ende in Sicht. Als Schulkinder vorbeigekommen sind, hat ihr Mann gefragt:

»Wöllet'r Zwetschga?«

»Noi.«

Einer hat gesagt:

»Mei Mama kauft emmer Nektarine, dia mag i liaber, woisch, so Pfirsich ohne Hoor!«

Ja, so sei das. Was haben früher Kinder in fremden Gärten Äpfel und Zwetschgen geklaut, und heute wollen sie's nicht einmal mehr geschenkt!

Manchmal denkt sie, wenn der Opa hereinschauen

könnte, der käme aus dem Sichwundern nicht mehr heraus. Der Opa.

Der hat sich, wie er schon in Rente war, zwei Stumpen am Tag leisten können, das Stück um 10 Pfennig, mehr nicht, und ein paar Halbe, wenn er einmal in der Woche in den Schwanen ging. Da hat er einmal das Glück gehabt, daß sein früherer Chef auch dazukam, als er grad scheint's seine Spendierhosen anhatte. Er hielt den Opa frei, ließ sich von ihm heimführen, weil er nicht mehr grad laufen konnte und steckte ihm zum Dank schließlich noch ein Zweimarkstück zu. Der Opa hat sich beim Heimkommen krampfhaft überlegt, wo er es vor seiner Frau verstecken kann; die guckte doch überall nach bei ihm, im Geldbeutel, im Hosensack, im Nachtkästle. Da ist ihm beim Ins-Bett-Steigen etwas eingefallen: Er hat es unten ins Nachthemd hineingeknotet. Hat ihm aber nichts geholfen. In seinem Dullo, das heißt Schwips, hat er das Nachthemd von seiner schlafenden Ehehälfte erwischt gehabt, und die ist früher aufgestanden als er.

Der Haarnadelstreit

Die Paula Kurz, wie gesagt, zweiundsiebzig, ist im Bahnwärterhaus aufgewachsen, eine gute halbe Gehstunde vom Ort entfernt, wo der Weilemer Weg früher die Geleise kreuzte und wo der Vater x-mal bei Tag und Nacht die Schranken mit der Handkurbel öffnen und schließen mußte. Acht Kinder waren sie; sie und ihre Schwester Luise waren die Ältesten und von der ersten Frau. Die Stiefmutter war streng, aber schon gut, hat halt viel schaffen und sparen müssen. Aber Bahnwärter an ländlicher Strecke, die haben immer schon auch bei schmalem Einkommen eine Art Paradiesle gehabt: ein Haus für sich mit angebautem Schopf, unten vollgebeigt mit Holz, oben das Heu, daneben der Stall für die Hennen und zwei Bahnwärterkühe, die Ziegen, vor dem Haus Gemüsebeete und Beerensträucher, hinten der Grasgarten, Zwetschgen-, Birn- und Apfelbaum drin und eine Schaukel am Ast, und ringsum ein Blumenkranz, am schönsten im Spätsommer: Malven, Phlox, Gretel-im-Busch, Sonnenblumen, Dahlien, Astern, Goldruten.

Alle Geschwister sind etwas rechtes geworden und einen anständigen Weg gegangen und zehren

heute noch von der Kinderzeit im Bahnwärter-
häusle, wo ihnen bei aller barfüßigen Kargheit so
viel gehörte: der nahe Wald und Wiesenhang,
Wege, Bäume, Bach und Bahndamm.

Tränen, Streit und Strafen, die es natürlich auch gegeben hat, die sind verschmerzt; geblieben sind die
guten Erinnerungen an Spiel und Spaß mit Hund
und Katz und Geißböckle, mit selbergemachtem
Spielzeug: Schleuder, Pfeil und Bogen, Holzkopf-
puppen, Stelzen, den ersten Skiern aus Faßdauben.
Sie, die Paula, und ihre ein Jahr ältere Schwester
Luise haben es schon ein bißchen strenger gehabt,
als Haus- und Kindsmägde für die Jüngeren, hat
ihnen aber nicht geschadet, im Gegenteil, sagen sie
heute.

Kaum waren sie beide aus der Schule, kamen sie in
die Fabrik, in die Seifert'sche, und konnten von
Glück sagen, daß man sie in den schlechten end-
zwanziger Jahren überhaupt einstellte, ungelernt,
mit einem Stundenlohn von elf Pfennigen.

Sie hatten damals noch ihre Zöpfe, die sie jeden
Morgen flochten, und die ihnen die Stiefmutter als
Kranz auf den Kopf steckte. Acht Haarnadeln hatte
jede, Paulas lagen auf der Nähmaschine links vom
Kasten, Luises Nadeln rechts. Einmal hat bei der
Luise eine gefehlt. Die Mutter hat furchtbar ge-
schimpft: »Du schlambigs Luedr, du schlambigs!«
und ihr eine Kopfnuß gegeben. Die Luise hat ge-

sagt, ich weiß gewiß, ich hab' gestern abend meine acht hingelegt, und wahrscheinlich hat die Paula...
»Isch net wohr!« hat die Paula geschrien und von der Mutter auch eine gefangen. Statt dem üblichen Schmalzbrot bekam jede einen trockenen Ranken ins Vespertäschle für die Mittagspause und eine zornigen Blick von der Mutter mit auf den Weg:
»Ihr Menschla, ihr liadrige, eich breng i's bei!«
Sie liefen fort, stumm und einander bös, jede überzeugt, es sei ihr von der anderen Unrecht geschehen. Auf halbem Weg, bei dem Feldkreuz zwischen den zwei Birken, sind sie aufeinander losgegangen; wer angefangen hat, wissen sie nicht mehr. Sie sind sich buchstäblich in die Haare geraten, haben einander die Zopfkränze heruntergerissen, sich beschimpft und geknufft und sind dann, notdürftig zusammengestupft, mit verheulten Gesichtern und arg ramponierten Frisuren vollends in die Fabrik gelaufen. Dort hat man sie, nachdem sie bockig auf alle Fragen schwiegen, den ganzen Arbeitstag lang als wildgewordene »Bahwärtergoißa« ausgelacht und gefoppt. Beschämt und niedergedrückt gingen sie abends heim, und wiederum auf halbem Weg bei den Birken und dem Kreuz blieben sie stehen, und wieder wissen sie nicht, wer die erste war, die sich der andern zuwandte:
»Mir Sembl! So domm semmer nemme, gell!«

Sie gaben sich die Hand und versprachen, nein, gelobten sich, sie wollten sich von jetzt an nicht mehr streiten und zum Gespött der andern werden und stattdessen fest zusammenhalten. Und so haben sie es gemacht.

»Seit der Zeit«, sagt die Paula Kurz, »semmer ons emmer guet gwesa, d'Luise ond i.« Und sie kann sich nicht entsinnen, daß es danach zwischen ihnen auch nur einmal noch zu einem richtigen Streit gekommen wäre.

Übrigens: daheim die Mutter hatte nicht mehr ihr böses Gesicht vom Morgen; wie beiläufig sagte sie: »Dia Hoornòdl isch scheints nondergfalla gwä. I habs gfonda, en dem Spalt zwischa de Bodabrettr.«

Die Kerze für den Heiligen Antonius

Hiermaiers, die den Schreibwaren- und Geschenk-
laden haben und die Toto- und Lotto-Annahme-
stelle, die fahren schon seit Jahren jeden Sommer
nach Italien an die Adria. Und da ist ihnen doch einmal etwas passiert, da werden sie ihrer Lebtag dran
denken. Das ist so gewesen: An einem Freitag, dem
letzten vor den lang ersehnten Betriebsferien, da
gab es zu dem pausenlosen Gebimmel der Laden-
glocke noch eine Mordsaufregung nach Geschäfts-
schluß, als sie beim Abrechnen merkten, daß ein
Belegzettel von einem Lotto-Wettschein fehlte! Sie
drehten nicht nur die Lottokassenschublade ein
gutes dutzendmal um, nein auch sonst stellten sie
den halben Laden auf den Kopf und grübelten und
besannen sich, wie das hatte passieren können, und
sie, die Hiermaierin nahm Zuflucht zum Gebet:
»Heiliger Andonius, hilf ons doch, daß mr den
Wisch fendet. A scheena Kerz däd i dr opfera!«
Nun, alles Suchen half nichts, sie kruschtelten
noch die halbe Nacht umeinander, legten sich mit
ihrer Sorge schlafen und wachten früh mit ihr auf,
und er, der Hiermaier, sagte:
»Wenn heut der Zettel net rauskommt, könna mr
wieder auspacka.«

Es war schon alles für die große Fahrt gerüstet. Aber siehe da, kaum hatten sie den Laden aufgemacht und die ersten Schulkinder bedient, da kam eine ihrer langjährigen Lottokundinnen und legte den gesuchten Zettel auf den Tisch, den habe sie wohl aus Versehen gestern mitbekommen... Man kann sich denken, wie heilfroh die Hiermaiers da waren, wie flink ihnen jetzt die Arbeit von der Hand ging und wie fröhlich sie das Rollgitter hinter dem letzten Kunden herunterließen.

Als sie schließlich ihre Siebensachen vollends verstaut hatten und fertig waren zum Wegfahren, fiel es ihnen ein: die Kerze. Sie hatten sich nämlich vorgenommen, den versprochenen Dank dem Heiligen Antonius in seiner eigenen Kirche direkt abzustatten, da sie sowieso an Padua vorbeikommen würden. Also sauste die Hiermaierin nochmal zurück und holte aus dem Laden die schönste Kerze, die sie hatten, ein Prachtstück, dreiviertel Meter lang, armdick und ein bißchen vergilbt. Die war schon länger dagelegen und hatte keinen Käufer gefunden, weil sie nicht billig war.

Ja, und wie die zwei nach Padua kamen, das war ein Sonntag, hat's da gewimmelt von Wallfahrern. Es war Antoniustag, der 13. Juni. Massenweise sind die Leute geströmt, alle in eine Richtung, und sie haben sich angeschlossen. Und erst als sie an den

Platz kamen vor der Kirche, hat die Hiermaierin ihre Kerze aus dem Seidenpapier gewickelt. Aber auf einmal hat sie gemerkt, wie die Leute auf sie schauten, sich anstießen und ihr und ihrem Mann Platz machten. Wie sie miteinander tuschelten, zurückwichen, und sich das fortsetzte und sich vor ihnen eine Gasse auftat.

Sie habe an sich und ihrem Mann verstohlen hinuntergeguckt, ob sie etwas Besonderes an sich hätten, aber da war nichts. Es ist ihr direkt unheimlich geworden. Flüchtig dachte sie, ob man sie vielleicht mit prominenten Pilgern verwechselte. Und dann hat's ihr gedämmert, als sie die dünnen, nur fingerstarken Kerzen in den Händen der anderen sah und spürte, wie sie und ihre dicke Kerze von vielen Augen angestaunt wurde. Sie begann zu ahnen, was in den Menschen um sie her vorging: Mamma mia, was mußte die Frau für ein Anliegen haben, wenn sie dem Heiligen Antonius so eine dicke Kerze brachte! dachten sie wohl. Arme Signora! Ist ihr das Leid nicht ins Gesicht geschrieben? – Oder hat ihr der Heilige eine große Sorge schon abgenommen? Ist es eine Dankkerze? Oh, welch ein großer Dank, glückliche Signora! Dicke Kerze, große Bürde: Macht Platz!

Das sei vielleicht ein Gefühl gewesen, peinlich und erheiternd zugleich, sagt die Hiermaierin immer, wenn sie von diesem Erlebnis erzählt. Hinterher

empfinde sie es, als sei sie sozusagen in einer Luft-
blase gegangen, die von Mitleid und Neugier um-
schlossen war. Aber froh sei sie gewesen, als sie mit
der Kerze am Ziel waren, und vergessen werde sie
das nie.

Und dann kann er, der Hiermaier, sagen:

»Und alles bloß, weil mr an Ladahüeter g'opfert
habet!«

Die Kanalisation

Auf Anordnung von oben wurde sie wie im ganzen Ländle auch in Gniddringen Anfang der sechziger Jahre durchgeführt. Viele Bürger stöhnten: »Was des koschtet!« Alle alten Straßen mußten aufgerisssen werden, manche waren monatelang für den Fahrverkehr ganz gesperrt, nur Fußgänger konnten sich auf schmalen Dreckpfaden an den tiefen Gräben entlang bewegen und über Bretterstege zu ihren Häusern gelangen. Geschäftsleute klagten, daß ihnen die Kunden wegblieben.

»D' Stadt wird saniert, ond ons machets hee!«
Der alte Schwanenwirt sagte:
»Wenn i heit stirb, könnets me net amòl fortfahra!« Dann sollten ihn die Herren, die das angerichtet haben, bis vor zum Marktplatz tragen müssen. »Des däd dene recht gscheha, ond i däd mi im Sarg no fraia.«
Die Freude war ihm nicht vergönnt. Er hat's überlebt.
Der Bürgermeister hatte viele schimpfende Einwohner zu besänftigen. Er selber, sagte er, würde den Haufen schönes Geld auch lieber für etwas anderes verwenden, für Schulhaus, Schwimmbad,

Gemeindehalle, anstatt es im Boden zu verbuddeln, wo nachher keiner etwas davon sieht.

Er bekam etliche Beschwerdebriefe. Einer davon lautete so:

Wärte Stadtverwaldung!

Das könnt ihr doch nicht machen, ich bin doch eine arme Witwe und soll auf 1. Oktober 500 Mark Anschlußgebihr bezahlen, weil ich jetzt ein Spielglosett einbauen lassen müssen habe. Mir hätte mein Aborthäusle hinten drausen gut geniegt. Und bei Nacht hat man ja einen Hafen. Da war auch ein Herz in der Tür aber ihr habt keines. Ihr fragt auch nicht, ob so ein neumodisches Glo von einer Einzelperson benitzt wird oder ob eine siebenkepfige Familie gemeinsam draufgeht.

Das ist nicht gerecht. Iberhaupt vermisse ich den alten Abort sehr. Seit ich keine Grube mehr habe zum leeren, fählt mir der Dung im Garten und der Salat ist nicht mehr so zart wie friher. Muß jetz den Mist von andern kaufen. Könntet ihr mit den 500 Mark nicht warten, bis ich stirb. Weil ich nicht einseh, daß ich meinen Erben auch noch die ganze Kanallisazion und jeden Scheiß im voraus bezahlen soll.

Hoffe auf ginstigen Bescheid.

Hochachtungsvoll ...

Der Schwanenwirt

Der Schwanenwirt, der alte, also der, der grad »zom Bossa« gern gestorben wäre, als sie die Kanalisation machten, der Schwanenwirt ist manchmal in der Sonntagskirche eingeschlafen. Das war auch kein Wunder, mußte er doch oft samstags lang aufbleiben, bei den letzten Gästen, den ewigen Hockern, die Pech am Hintern haben und partout immer nicht heimwollen. So ist es auch verständlich, daß der Schwanenwirt, als er wieder einmal in der Kirche während der Predigt leis zu schnarcheln anfing und von seinem Nachbarn gestubst wurde, auffuhr und laut in die andächtige Zuhörerschaft fragte:
»Donkel oder hell?«, will heißen: »Bock oder Weizen?«

Als im »Schwanen« dank des wachsenden örtlichen Wirtschaftslebens immer öfter »bessere« Übernachtungsgäste, Geschäftsleute von weiter her, zu beherbergen waren, bemühte sich der Wirt um eine gepflegtere Sprache und konnte fragen:
»Wöllen die Herrschaften um sieben Uhr geweckt werden oder um achte oder wöllet Se stracka bleiba?«

Auch im Stadtrat, dem er eine Zeitlang angehörte, versuchte er manchmal bei Sitzungen, wenn die Presse anwesend war, sich schriftdeutsch zu äußern, und es war jedesmal wie ein Gang übers Seil der Hochsprache mit gelegentlichen Abrutschern hin zum festen Boden des Vertrauten, des Schwäbischen, das für den Schwanenwirt das »Normale« war. Die Annelies nahm solche Wendungen immer wortgenau und mit besonderem Vergnügen ins Sitzungsprotokoll auf:

»Mir sodden denen in Schduegert zeigen, wo der Bartl den Moscht holt und daß die uns nicht noch mehr ropfen kennen, und da därfen mir oifach nicht luck lao… wie dòmòls an eisondfufzig…«

Gern und immer wieder erzählt der Schwanenwirt, »wia mr en Paris gwä sen, mei Liaber!« Dahin hatten er und seine Frau mit dem Kegelverein eine Omnibusfahrt gemacht – für vier Tage. Das hat ihn schon beeindruckt. »Dia hen Stroßa mit Wasserspüelong, ond morgens drehet Arbeiter, so schwarze Kerle mit lange Besa, da Hahna auf ond schwemmet da ganze Dreck, wo en dr Kandel liegt, en's näxscht Loch.« Und wie da geparkt wird! Hintereinander, mit fünf Zentimeter Abstand, und wenn sie wegfahren wollen, boxen sie sich heraus, vor und zurück und vor und zurück, »ond z'mòl sen se hausa. Dò woisch erscht, zu was a Audo a Stoßstang hot! – Ond dia Plätz, ond

103

dia Paläscht ond nadierlich dr Eiffeldurm ond der Verkehr, achtspurig em Reng rom om den Triumphboga!

Als sie im Hotel angekommen waren, hatte die Chefin die Reisegruppe im Foyer empfangen und gesagt:

»Meine Damen und 'ärren, leidärr wir 'aben nischt genügend Doppelzimmärr für Sie alle, aber Zimmärr mit französisch Bett.«

Jetzt sei da ein Ansturm losgegangen auf die Französisch-Betten! Die waren damals bei uns noch nicht so üblich; heute kann man sie in jedem Möbelladen haben. Er aber, der Schwanenwirt, hat sie vom Krieg in Frankreich her gekannt. Er hat zu seiner Lydia gesagt:

»Dò brauche mr ons net drom reißa. Des isch wia bei 'ma Entabròta: für oin isch z'viel ond für zwoi isch z'wenig.« Und man hat doch bloß eine Decke. Wenn der eine sich umdreht, ist der andere gleich im Freien.

Die Nachteile des französischen Betts hat man am anderen Morgen auch bestätigt gefunden. Schuhmachermeister Pfeifer, der Gniddringer Lokalpoet, hat gedichtet:

»O ben i miad, i woiß net was *des* isch: liaber schlòf i zwoi Stond normal als acht Stond franzesisch!«

Bei Schusters Pfeifers

Barbara Pfeifer, geborene Mack, sagt: Mich hat meine Mutter ledig gehabt; wahrscheinlich hätte sie mich abgetrieben, wenn sie hätte können. Aber die Großeltern Mack haben gesagt: »Nix da! Nicht noch *die* Sünd auch noch!« Und haben mich Bankert halt aufgezogen. Ich habe Glück gehabt. Früher haben hier die unehelichen Kinder Adam und Eva heißen müssen, daß sie ihrer Lebtag als Früchte der Sünde gekennzeichnet waren.

Erst mit fünfzehn Jahren habe ich erfahren, daß mein leiblicher Vater ein verheirateter Gastwirt war, bei Augsburg, und daß er schon bezahlte, heimlich, weil seine Frau es nicht wissen durfte.

Meine Mutter, nachdem sie mich los war, hat wieder eine Stellung angetreten in der Stadt.

»Bloß fort aus dem engen Kaff!« soll sie gesagt haben. Wenn sie manchmal kurz kam, dann war sie für mich wie eine Tante auf Besuch.

Meine Großeltern waren nicht reich, aber seelengut. Ich sei ihr Sonnenschein gewesen.

»'s Kind ka ja nix drfür.«

Mein Großvater hatte eine Sattler- und Polsterwerkstatt. Es war ein Einmannbetrieb, und ich schaute ihm gern zu, wenn er Matratzen stopfte, je nach Preislage mit Seegras, Kapok oder Roßhaar, und wenn er mit ganz langer Nadel die Randwülste abnähte. Ich seh heut noch unsren Hof und mich darin spielen, allein oder mit Kindern aus der Nachbarschaft, mit Puppen und Wägelchen, Ball und Kreisel, Hupfseil, Reifen und Radelrutsch. Die Regentonne war unser Milchladen.

Eines Morgens, das weiß ich noch, da muß ich so um die vier Jahre alt gewesen sein, da stand ich auf dem Küchenhocker, und die Großmutter hat mich angezogen. Auf einmal hat sie ihren Kopf an meinen gelehnt und ganz schrecklich geweint.

»Jetzt kommt bald deine Mama und nimmt dich mit in ein großes Haus und einen schönen, schönen Garten.«

Meine Mutter hatte einen wohlhabenden Witwer geheiratet und wollte mich jetzt zu sich holen. Wie es dann weiterging, weiß ich aus eigenem Erinnern nicht mehr genau, aber man hat es mir gezählt. Ich soll in der neuen Umgebung kaum mehr gesprochen und nichts mehr gegessen haben. Und was sie mir aufnötigten, hab' ich gespuckt. Wochenlang. Das einzige, was sie von mir hörten, war:

»Will zum Opa. Will zur Oma. Will ins Höfle.«

Der Doktor sagte: »Das Kind muß zurück, sonst…« Ich wäre eingegangen. Und der Opa womöglich auch. So haben sie mich zurückgebracht. Unterwegs schon hab' ich angefangen zu futtern. Soviel hatten sie gar nicht dabei, daß es mir genug gewesen wäre, ausgehungert wie ich war.

Danach war von einer Trennung nicht mehr die Rede. Unsere Welt war wieder in Ordnung. Der Opa hat mir aus lauter Freude, daß ich wieder da war, ein Umhängetäschchen aus Leder genäht, das habe ich heute noch. Die Oma hat wie vorher singend ihre Arbeit getan und mir abends Geschichten erzählt und mit mir gebetet. Von ihr habe ich das Musikalische.

In der Schule bekam ich gute Noten, und im Singen war ich die beste. Bei Lebensmittel- und Feinkost-Schiele habe ich die Verkäuferinnenlehre gemacht. Immer schon war »Kaufläderles« mein Lieblingsspiel gewesen. Die Chefin, Frau Schiele, Geschäftsfrau vom alten Schlag, sagte bei der Einstellung:

»Kopfrechnen ist wichtig, aber noch mehr ein freundliches Gesicht, das man gern anschaut. Ein grantiges, verdrossenes taugt nicht hinterm Ladentisch, und die Kunden muß man beim Namen nennen: ›Grüß Gott, Frau Maier, bitte schön, Fräulein Abele!‹ Und die Titel muß man sich merken und die Vorlieben auch: ›Sie möchtet da Backstei'käs halbreif, Herr Notar, gell?‹«

Heutzutage im Selbstbedienungsladen braucht man die Höflichkeit nicht mehr, und die Maschine,

die so blitzschnell wiegt und rechnet und druckt,
ersetzt Köpfchen durch Knöpfchen.

Zu ihrem Anton Pfeifer ist sie durch die Künste
gekommen. Er hatte sich zuerst in ihre glocken-
helle Sopranstimme verliebt, wenn sie im Kirchen-
chor manchmal Solo singen durfte. Dann drehte er
sich, obwohl es ungehörig war, in der Kirchenbank
um und strahlte mit seinem hellen Vollmond-
gesicht zu ihr hinauf auf die Empore. Die muß ein
Engel sein, auch privat! hatte er gedacht. Um ihr
möglichst oft nahe sein zu können und ihr seine
Begleitung auf dem Heimweg nach den Proben
anbieten zu können, wurde er, wie sie, Mitglied im
Gniddringer Liederkranz, obgleich der Dirigent
meinte, er würde den Chor mehr optisch ver-
bessern als stimmlich.

Der Liederkranz übte nach alter Tradition jedes
Jahr ein Theater- oder Singspiel ein. Auf der Suche
nach einem geeigneten Stück kamen sie einmal auf
die ausgefallene Idee, Shakespeares »Romeo und
Julia« aufzuführen, auf schwäbisch und mit happy
end, so daß die Liebenden am Leben blieben.

Der Pfeifers Anton machte die Übersetzung. »A
Saug'schäft«, wie er später bekannte. Er spielte den
Romeo, und Barbara Mack war die Julia. Am
Schluß, als sie sich glücklich zu umarmen und zu
küssen hatten und der Beifall sie umrauschte, flü-
sterte er ihr ins Ohr:

»I spiel fei net, i moins fei ernscht!« Das war Anton
Pfeifers Heiratsantrag.
Daß sie ihn angenommen hat, vor über 30 Jahren,
hat sie nie bereut.

Schlag nach bei Shakespeare

> Julia: Wie kamst du her? o sag mir, und warum?
> Die Gartenmau'r ist hoch, schwer zu erklimmen;
> Die Stätt ist Tod! Bedenk' nur, wer du bist,
> Wenn einer meiner Vettern dich hier findet...
> (Aus Romeo und Julia, 2. Aufzug, 2. Szene)

In der von Anton Pfeifer gemachten Bearbeitung und schwäbischen Übersetzung heißt das so:

Julia (auf dem Balkon):
> Wo kommsch denn her,
>   so spät, warom?
> Dia Mauer isch so hoch ond gar et leicht
>   zom driebersteige!
> Ond gfährlich ischs, bedenk doch,wer du
>   bisch,
> wenn meine Vettr de verwischet!

Romeo (im nächtlichen Garten):
> Woisch, d'Liab, die dreibt oin, lupft oin,
> ond wär a Mauer noo so hoch,
> i wär scho driebr komma,
> dò hebt mi nex, àu deine Vettr net!

Julia: Wenn dia di sehet, dia machet di fei hee!

Romeo: Viel gfährlicher sen deine Auga
> als femfazwanzig Messr!

110

wenn *du* bloß liab mi a'gucksch,
macht dene ihre Wuet mir nex!

Julia: I möcht om älles net, daß se de sehet!

Romeo: Es isch ja Nacht.

Wenn du mi aber gar net magsch,
nò sollets me no fenda,
nò stirb i liaber onder ihre Händ
als daß i weiterleb so ohne di!!

Julia: Sag, magsch du mi?
I woiß scho, du sagsch *ja*.
I trau dir àu, du brauchsch net schwöra.
Bloß denk fei net, i sei so leicht zom
habe,
weil i vorhin so g'joomert hab;
hab doch net gwißt, daß du dò horchsch!
Normalerweis zier i mi scho,
wia sich's au ghört für höh're Töchter.

Romeo: O Julia, i schwör…

Julia: Loß sei! Loß sei!
I woiß au so. I frai mi au.
ond doch – es kommt so schnell,
so gar net überlegt.
Ond onser Liab, dia isch ja erscht a
Knöschple,
ond duet sich auf, vielleicht, vielleicht,
bis mir ons wiedersehet, s näxschte Mòl.
Guet Nacht! Schlòf guet!

Romeo: Was *so* schicksch du mi fort?

111

Julia: Was willsch denn no?

Romeo: Sag du doch au, daß du mi magsch
für emmer, wia i di…

Julia: Des hab i doch scho lang.
Bevor du's wölla hosch. Ond für mi
bhalta.

Romeo: Warom soll i's net wissa, ha?

Julia: O woisch, mei Liab zu dir,
dia isch so schee, dia isch viel meh,
dia isch so arg, des ka ma gar net saga!
Jetzt hör i was! Adje, adje!
Wart an Moment, gleich komm i nomòl!
(verschwindet)

Romeo: Mensch, isch jetz des a Traum?

Julia (erscheint wieder): Romeo, no ebbes,
gschwend!
Wenn du es ehrlich moinsch,
wenn du an Heiròt denksch,
nò lòß mi's morga wissa.
I schick dr ebber, dem kann'sch saga,
wo ond wann nò d Trauong isch.
Ond nò erscht, nò ghör i dir…
Wenn net, nò net…

Romeo: I schwör…

Julia: Guet Nacht! (entfernt sich, kommt
wieder)
Romeo!

Romeo: Wasele?

Julia: *Wann* soll i morga schicka?
Romeo: Om neine.
Julia: Guet, Oh, wia ischs lang bis neine!
          Romeo, dr Dag kommt bald, jetz muesch
              fei ganga!
Romeo: Schlòf guet! Wär i bei dir! O könnt i
              doch…
          O dürft ich doch…
Julia: Guet Nacht! (ab)

Der Meister

Pfeifers Anton ist nicht nur ein tüchtiger Schuhmachermeister, der erste und letzte am Ort, wie er
immer sagt; er ist auch Dichter, wie weiland sein
altvorderer Kollege Hans Sachs, und belesener
Sprüchemacher. Im ganzen Haus herum lägen Tä-
felchen mit seinen aufgemalten Versen. Bei manchen sagt er:
»Der isch net von mir, aber àu guet.«

A luschtiger Bue
braucht oft a Baar Schue,
a trauriger Narr
hot lang an oim Baar.

Net bei ällem, was ma ziat,
woiß ma, was oim nòchher bliat.
– gilt für Gärten, Kinder, Politik.

Es hat einmal geheißen:
Zuerst das Fressen, dann die Moral.
Jetz hen se 's Fressa.
Wo bleibt die Moral?

Zähs Floisch hòt àu sei Guets.
Ma hot länger dra.

Zu're Goiß
g'hert koi langer Schwanz.

Erwirb dir Geld,
soviel zu brauchst,
und Weisheit,
soviel du kannst.

Diesen Spruch, sagt er, hat er in der Moschee im Schwetzinger Schloßpark gefunden.

Und so steht es auf einer Steintafel an einem Remstäler Weinbergmäuerchen:

Zu dritt schaffa,
zu zwoit schlòfa,
alloi erba.

Der Pfeifers Anton hat, obwohl die einst blonden Locken silbrig geworden sind, ein lustiges Bubengesicht wie ein pausbäckiger, barocker Posaunenengel. Er ist der letzte Schusterlehrling gewesen, den sein Vater ausgebildet hat. Damals mußte man zur Werkstatt vom Hausgang her drei Stufen tiefer steigen, und wer eintrat, mußte sich bücken, so nieder war die Tür. Die Fenster lagen eine Hand-

breit über dem Gehsteig. Man hat die Vorbeige-
henden nur bis zur Kniehöhe gesehen.

Heute erkennt man das alte Haus nicht wieder.
Durch Um- und Anbau ist ein modernes Schuh-
und Sportartikelgeschäft entstanden mit Repara-
tur-Service. Daß sie so heraufgekommen sind,
buchstäblich vom Souterrain zum Hochparterre,
und daß sie es so weit gebracht haben, das ist vor
allem auch das Verdienst seiner Frau, sagt der Meister Pfeifer.

Zwei Söhne und eine Tochter haben sie, und weil
das Schuhmacherhandwerk am Auslaufen ist, das
wissen sie, hat man die Kinder studieren lassen,
was sie wollten, alle drei. Sie sind verheiratet, und
keins ist geschieden, was fast eine Besonderheit ist
heutzutage.

»Se sen scho was ond machet ihren Weg«, und daß
sie so geraten sind, das haben sie hauptsächlich ihrer Mutter zu verdanken.

Die ist, ob im Hauswesen, am Herd, im Geschäft
oder überhaupt, das beste Weib, das er, der Pfeifer
hätte kriegen können. Ob er ihr das auch manchmal sagt?

»Ha noi, wißt' Se, mir Schwòba sen b'häb, au em
Loba. Nòch dreißg Johr Ehe saga mir nemme I
mag de fei – mir deans.«

116

Ingeborgs Tagebuch

»Platonische Liebe«.
Die Riegin fragte:
»Was isch jetz des wieder für a Sauerei?«

Vorletzter Tag in G. Sind noch einmal auf die Höhe gewandert und haben vom Schultheißen-Bänkle die schöne Aussicht genossen, bis es Nacht wurde und das Städtchen drunten seinen funkelnden Lichterschmuck anlegte. Sind später noch lange draußen gesessen, bei Bowle, Kerzenschein, Grillengezirp und Rosenduft. Habe der Annelies gesagt, nachdem der Doktor gegangen war, daß die Leute mich mehrfach angesprochen haben und sich fragen und schon gern wissen möchten, ob da noch mehr ist in dieser Freundschaft, nicht bloß platonisch, und sie seien doch auch schon zusammen verreist gewesen...

»Und werden es wieder tun und freuen uns schon darauf«, sagt Annelies. »Ach, die Leute! Worüber die sich den Kopf zerbrechen und das Maul zerreißen!«

Der Schuster Pfeifer hat die Frage sogar in Versform gebracht und dabei beim Goethe geklaut:

Sah ein Knab die Rose stehn,
war ein ältrer Knabe,
hätt sie gern gebrochen,
hätt sie ihn gestochen,
hat er halt, hat er halt
nur an ihr gerochen?

Sie lacht: »Und überhaupt, was heißt ›bloß plato-nisch‹? Oh, Mädle! Sollen sie nur rätseln! Genau wissen ist nicht so interessant, aber nicht genau wissen – das juckt! Sonst würden sie nicht heute noch darum streiten, wo es beim Goethe ›bloß‹ platonisch war und wo nicht!«

Meine Siebensachen sind gepackt.
Morgen muß ich fort von hier
und muß Abschied nehmen.
Bin gar gerne hier gewest.
Adieu schöne Gegend!
Adieu liebes Nest!

Inhalt

Weitere Bücher von Martha Arnold-Zinsler:

Wenn ich's bedenk …

Eine schwäbische Wirtin
erzählt
152 Seiten, gebunden

Hier wird ein Stück menschlich
bewältigtes Leben schwäbisch
knitz, lebensecht und sympa-
thisch dargeboten. Ein Kaleido-
skop voll Lebensweisheit, ein
Spaß für Schwaben und Rein-
geschmeckte.
»In der Lebensgeschichte der
ehemaligen Lammwirtin Lisa-
beth Wunderle aus Pfleimlin-
gen auf dem Härtsfeld gibt
es keinen falschen Ton, kein
Jammern über verpaßte Chan-
cen, dafür viel deftigen Witz
und eine große Portion Lebens-
freude.«

Südfunk 1, Stuttgart

Emmer meh …

Sache, wo sich reimet
oder ao net
112 Seiten mit Zeichnungen, geb.

Ein Buch voller schwäbischer
Orginale, mit Heiterem und
Nachdenklichem aus dem All-
tag, Erinnerungen und knitzen
Lebensweisheiten.
»Mal bissig-ironisch, mal nach-
denklich, aber immer humor-
voll übt sie Kritik am Zeitgeist,
am ›Emmer meh‹-Wollen. Aus
der Perspektive einer ›Hausfrau
vom alde Schlag‹ verteilt sie sati-
rische Seitenhiebe an die jüngeren Generation, die die Oma
gern aufs Abstellgleis schieben
möchte, ebenso wie an die Pro-
minenz.«

Heilbronner Stimme

Eugen Salzer-Verlag, Heilbronn